MENSAJES DESDE ÁFRICA

LARA LEIMS

I.S.B.N.: 978-84-617-5650-6

Depósito legal: H-69-16

http://laraleims.blogspot.com.es

laraleims@gmail.com

Para todas aquellas personas que por creer en el amor son víctimas de un engaño. Busca siempre un final feliz.

PRÓLOGO

Todo comenzó como un juego, un juego que sin darme cuenta se volvió peligroso. Hay momentos en la vida que, dependiendo por las circunstancias por las que estés atravesando, tomas una decisión, haces algo que en un tiempo atrás sería imposible pensar que serías capaz de hacer. La vida te puede cambiar en un solo instante, según la determinación que tomes y el riesgo que asumas en ese preciso momento.

El primer mensaje que recibí de él coincidió con mi primer día de vacaciones. Había sido un año muy duro, necesitaba relajarme, descansar y desconectar. En mis planes no entraba enamorarme de un desconocido, pero sin darme cuenta me fui aferrando a sus románticos mensajes de amor y a su peculiar forma de ver la vida. Al principio no me importaba mucho quién era la persona que permanecía al otro lado de la red, pero ahora estaba un poco preocupada. Habían pasado una serie de acontecimientos muy extraños, tenía dudas, muchas dudas sobre él, y necesitaba pruebas de que todo era real.

Dentro de cinco horas me voy a África. He decidido arriesgarme e ir a conocerlo en persona, aunque él no lo sabe, pues quiero descubrir quién es realmente. Estoy un poco asustada, no sé con lo que me puedo encontrar, pero la decisión está tomada.

Desde el primer día que contactó conmigo, fui escribiendo en un cuaderno algunas anotaciones sobre mí día a día y algunos de los mensajes que recibía de él.

En este momento tengo el cuaderno entre mis manos, quizá leyendo desde el principio todas las observaciones, pueda descubrir cómo he llegado a tener un sentimiento por un desconocido. Quizá encuentre las respuestas a mis dudas antes de partir.

PRIMERA PARTE

MENSAJES

I. CONTACTO

Portugal, 31 de julio de 2015

Hoy he comenzado mis merecidas vacaciones. Mi tía Mati me ha dejado su precioso apartamento en la playa de Monte Gordo durante todo un mes. Sabe que he pasado un año muy complicado y que necesito descansar. Durante mucho tiempo me esforcé al máximo para prosperar en mi carrera profesional; cursos de especialización, máster, idiomas. Corregí mis debilidades e incrementé mi fortaleza y luché sin tregua hasta conseguir el cargo de directora financiera en la empresa multinacional donde trabajaba desde hacía algo más de ocho años.

Me sentía satisfecha de haber logrado una de mis metas, pero el esfuerzo tan grande que había invertido durante tantos años para conseguirlo estaba comenzando a pasarme factura. Al año de ocupar mi flamante cargo empecé a sentir los primeros signos de agotamiento psicológico: debilidad física, falta de concentración, fatiga. Mis miedos e inseguridades del pasado volvían a florecer de manera esporádica en mi mente. La naturaleza es sabia. Cuando el organismo empieza a manifestar este tipo de señales es porque algo en la vida no va bien y es el momento de pararse a pensar qué es lo que no funciona. Lo primero que me pregunté fue si merecía la pena pasarme todo el día trabajando dejando a un lado mi vida personal y social. Mi trabajo me daba muchas satisfacciones, pero no lograba llenar un vacío que sin darme cuenta estaba creciendo en mi interior. Tomé una decisión que a más de uno les pareció desacertada, un acto de cobardía, una locura de la que me arrepentiría, pero me daba igual lo que pensaran; estaba sola, nadie dependía de mí y decidí dejarlo todo para crear mi propia empresa. Empezar de nuevo no era tarea fácil, tendría que seguir luchando, pero al menos podría organizar mi propio tiempo y llenar ese vacío formado de carencias.

Comencé con mucha ilusión, aunque el agotamiento fue mayor; organizar un plan empresarial, buscar nuevos clientes, burocracia… Entonces comprendí que necesitaba descansar para conseguir los objetivos que en estos momentos quería lograr en la vida.

Es curioso que el primer recuerdo que tengo de mi infancia sea una pesadilla extremadamente reiterativa: me situaba en lo alto de un tobogán de color azul, quería bajar, pero justo al final se encontraba una bruja. En su mano derecha portaba una escoba y en la izquierda unos enormes caramelos. Sobre su cabeza, flotaba una preciosa estrella dorada difícil de alcanzar. El miedo me impedía bajar y en mis recuerdos nunca logré deslizarme por ese tobogán.

Cuando comencé a tener uso de razón pensé que se trataba de un sueño premonitorio cuyo objetivo era prevenirme sobre lo que me podía deparar la vida y lo convertí en mi inseparable compañero de viaje.

Crecí en un entorno social basado en las apariencias; ser perfecto ante los demás para ser aceptados como quieren que seamos sin importar el daño que para conseguirlo pueda causar en uno mismo o en los demás.

De carácter tranquilo, sensible y sin un ápice de maldad, me resultaba difícil adaptarme a ese tipo de sociedad sedienta de reprochar los defectos ajenos y acallar los propios.

Caminaba por la vida como una autómata; dejarme llevar por las directrices que marcaban aquel contexto social resultaba más fácil que enfrentarme a mi verdadera esencia.

Me costó tiempo y trabajo hasta que, por fin, decidí bajar del tobogán y enfrentarme al castigo o a la recompensa de la bruja. No pretendía conseguir la estrella; por el momento solo quería probar el riesgo de vivir siendo yo misma.

Durante muchos años recibí más escobazos que caramelos y subconscientemente fui creando una barrera que me protegiera contra el dolor.

Mis primeros amores tendían a ser platónicos; los idealizaba y en mi mente creaba al hombre perfecto. Con el paso del tiempo aprendí a valorar la belleza que esconde la imperfección y mis relaciones de pareja comenzaron a funcionar algo mejor. Me sentía fuerte, con ganas de superar cada obstáculo que se me presentara en la vida y pensé que ya estaba preparada para intentar alcanzar la estrella dorada que flotaba sobre la cabeza de la bruja, el gran premio, el camino para encontrar la felicidad.

Como el amor no era mi punto fuerte, dado que siempre elegía al hombre equivocado, incapaz de traspasar la barrera que me había forjado, decidí conseguir la estrella dorada a través de una meta más segura: acompañada de mi inteligencia llegaría a ser alguien importante. Y así fue. Años y años dedicados a formarme en una profesión y trabajar muy duro hasta llegar a ocupar el puesto de directora financiera. Pero ¿realmente logré alcanzar la estrella? No lo creo, pues no siento su luz. Mi camino no estaba completo, faltaba el amor.

Ahora tengo un nuevo objetivo: quiero volver a intentar alcanzar la estrella dorada, pero esta vez combinando el trabajo con el amor. Aunque antes necesito restablecerme física y anímicamente.

Tía Mati me recomendó que descansara y desconectara del trabajo durante una temporada en su casa de Portugal. Me aconsejó que leer, pasear por la playa, tomar el sol, hacer vida social y escribir todo lo que pensara era muy terapéutico. Sin dudarlo le hice caso y aquí estoy, sola en Monte Gordo, sin conocer a nadie y dispuesta a seguir los consejos de mi encantadora y generosa tía Mati. Es una mujer muy especial, soltera por convicción, excéntrica, inteligente y dispuesta a disfrutar de la vida. A casi sus sesenta años de edad tiene más vida social que yo y una vitalidad envidiable. Nunca he comprendido por qué no se ha querido casar. Cuando se lo pregunto siempre me contesta lo mismo: «Créeme, Paola, yo soy soltera por convicción», y a continuación cambia de tema.

A veces, en mis momentos bajos me comparo con ella y pienso que a su edad yo también seguiré soltera, aunque desde luego, no por convicción. No obstante, la situación sería bien distinta. Yo no podría viajar como ella, pues necesitaría todo el tiempo del mundo para trabajar. Estaría tan agotada que ningún hombre se fijaría en mí, no tendría ni tiempo para ponerme bótox ni cirugía estética como mi tía, que cada año se va a Brasil a restaurarse con uno de los mejores cirujanos del país. Estoy segura de que dentro de unos años parecerá más joven que yo. Pero la adoro, casi nunca tengo ocasión de verla, está siempre viajando, a veces no regresa en años. No cuenta nada sobre su vida, es toda una incógnita, pero siempre que puede me llama y se preocupa por mí. Sé que si la necesito, aunque sea en la distancia, ella va a estar a mi lado.

Este mes quiero disfrutar de los pequeños placeres que me traiga la vida y no pienso renunciar a nada, en especial al amor. No conozco a nadie en este lugar y es muy difícil que me pueda enamorar. Sé que me vendría muy bien conocer a un hombre — a ser posible atractivo—, salir con él a cenar, pasear por la playa, reír, tener un romance que me haga vibrar. ¿Desde hace cuánto tiempo no me ocurre algo así? Soy consciente de que necesito amor en mi vida, alguien que llene mi vacio y me acompañe en mis momentos de soledad.

La casa de tía Mati es espectacular, un ático de lujo con una enorme terraza justo enfrente de la preciosa playa. Nunca hemos sabido de dónde saca el dinero, es otro de sus secretos. A la familia le ha contado que hace tiempo invirtió y le fue muy bien. Pero cuando pregunto que en qué invirtió me contestan que no lo saben. Siempre he tenido la sensación de que no quieren hablar de ella. Lo único que me han contado es que a los dieciocho años se fue a estudiar a Londres y desde entonces viaja sin parar por su trabajo. Nunca me ha cuadrado mucho la historia, pero como nadie quiere hablar del tema, decidí respetar y no preguntar más sobre su vida. Sin embargo, la curiosidad sigue latente en mí.

Lo primero que hice al llegar al ático, fue abrir todas las ventanas. La casa estaba impecable, ni una sola mota de polvo. A continuación saqué a la terraza una bonita mesa plegable, cuatro sillas y dos tumbonas. Desde la terraza se podían contemplar kilómetros de fina arena blanca y un extenso pinar. Me senté en una de las tumbonas y dejé que los suaves rayos de sol rozaran mi cara.

«Esto es vida, Paola»

De repente sonó en mi móvil el avisador de mensajes de Messenger. Era muy extraño, no solía recibir mensajes a través de esta aplicación informática y con curiosidad lo abrí. El mensaje era de un francés que recientemente me había solicitado amistad en Facebook. La foto de perfil era de un hombre bastante atractivo y lo había aceptado como amigo.

Me saludaba educadamente y se presentaba como Logan, francés, propietario de una galería de arte y viudo con dos hijos.

Le respondí con un escueto saludo y a continuación me preguntó si estaba casada y tenía hijos, a lo que le contesté que no. Fue una conversación breve y no le presté mucha atención.

El resto del día lo dediqué a organizar mis cosas y a revisar toda la casa. La cocina era enorme, contaba con todos los aparatos más sofisticados del mercado. Tenía dos preciosos juegos de vajillas, no sabía cuál escoger para uso diario por miedo a estropearla, y al final me decanté por utilizar el juego de la marca La Cartuja. La casa contaba con tres dormitorios, cada uno con su respectivo cuarto de baño, y elegí el que tenía una pequeña terraza con vistas al mar. El salón era para mi gusto demasiado grande, pero acogedor, todo blanco estilo ibicenco. Me llamó la atención un mueble de madera antigua que había justo al lado del televisor. Al abrir la parte superior observé que contenía un precioso tocadiscos de madera. Parecía antiguo, aunque estaba perfectamente conservado. Tenía curiosidad por ver si funcionaba. Abrí la parte inferior del armario en busca de discos de vinilo y, efectivamente, estaban allí, perfectamente ordenados. Podía haber más de cincuenta discos LP. Con mucho cuidado los saqué y me dispuse a examinar qué tipo de música es la que le gustaba a tía Mati.

Elton John, Phil Collins, The Cure, Depeche Mode, David Bowie, Michael Jackson, Spandau Ballet, Supertramp, Frank Sinatra, Mecano, Los Secretos, Ray Charles... Música variada, se notaba que le gustaba la música de los ochenta y sobre todo los grupos de la llamada edad de oro de la música española.

Para probar si funcionaba el tocadiscos elegí el álbum *Songs From The Big Chair* del grupo Tears For Fears. Tenía ganas de escuchar la canción «Everybody Wants To Rule The World»

No sabía si llamar a mi tía y pedirle permiso para utilizarlo, pues me había dejado bien claro que solo la llamara para cosas urgentes. No consideré que fuera una urgencia y, sin pensarlo dos veces, saqué el disco de su funda y lo coloqué en el tocadiscos. Funcionaba a la perfección.

Estaba atardeciendo y me senté en la terraza para contemplar la puesta de sol. Escuchar música mientras observaba el regalo que la naturaleza me brindaba en esos momentos hacía que me sintiera tranquila, relajada. De repente, el sonido del avisador de mensajes de Messenger, perturbó mi querida paz. Era un mensaje del francés y con curiosidad lo abrí:

—*Hola, Paola. ¿Cómo estás? ¿Qué es lo que haces en este preciso momento?*

—*Hola, Logan. En este momento estoy contemplando la puesta de sol. Hoy he comenzado mis vacaciones.*

—*Dime, Paola. ¿A qué te dedicas? ¿Trabajas en España?*

—*Soy economista y desde hace poco tiempo trabajo por mi cuenta en el sur de España. ¿Y tú? ¿En qué trabajas?*

—*Soy propietario de una galería de arte, trabajo en Montpellier, Francia. ¿Qué opinas sobre las redes sociales? ¿Crees que se puede conocer a gente interesante?*

—*Realmente, no utilizo las redes sociales para conocer gente, aunque pienso que es un medio a través del cual se puede* conocer a personas fuera de tu entorno habitual. Yo sobre todo tengo amigos y familiares.

—Paola, ¿crees en el amor?

—Sí —contesté sin más.

—Yo creo en el amor. Estuve casado durante quince años con una mujer maravillosa que me hizo muy feliz. Pero ella falleció en un accidente de tráfico en París y la perdí. Fue el dolor más inmenso que he sentido en mi vida. Lo pasé francamente mal, pero la vida continuaba y tenía que seguir adelante sobre todo porque mis hijos me necesitaban. Mis amigos me animaron y me dijeron que tenía que volver a ser feliz, no se puede seguir amando a una persona que ya no existe y gracias a sus ánimos y consejos recuperé las ganas de volver a amar. Quiero volver a ser feliz y estoy dispuesto a encontrar a la mujer de mi vida en cualquier parte del mundo donde se pueda hallar y no pienso parar hasta encontrarla.

—Vaya, Logan, lo que dices es muy bonito —escribí, dejándome llevar por la sensibilidad de sus palabras.

—Paola, ¿qué es para ti el amor?

—Alcanzar la felicidad con otra persona —contesté sin pararme a pensar realmente lo que pensaba sobre ello.

—Para mí el amor es complicidad, poder contar todas mis inquietudes y mis miedos a la persona que amo con la seguridad de que no los contará. Ser felices, discutir y volver a reconciliarse, *abrazar, besar y envejecer juntos cogidos de la mano. Yo estoy dispuesto a ser feliz y encontrar de nuevo el amor.*

—*La vida dirá. Buenas noches, Logan, seguimos en contacto* —escribí despidiéndome.

Estaba de lo más sorprendida. Me pregunté quién sería y cómo me habría localizado. Parecía un hombre interesante, dispuesto a encontrar el amor en cualquier lugar del mundo y sentí curiosidad por saber más sobre él. Rápidamente llamé a mi sobrina Sandra que con tan solo quince años manejaba las redes sociales mucho mejor que yo:

—Hola, Sandra. Necesito que busques información sobre un hombre francés que me ha mandado unos mensajes por Facebook. Dice que está buscando a la mujer de su vida en cualquier parte del mundo.

—¿De verdad? ¡Qué interesante! ¿Te escribe en español? Por cierto, ¿estás ya en Portugal?

—Sí, llegué por la mañana, el ático de la tía Mati es precioso. Podrías venirte unos días. Los mensajes que me manda el francés son en español, pero creo que utiliza el traductor.

—Mándame todos los datos que tengas de él y también su foto de perfil. Yo no tengo Facebook. Ahora mismo lo busco en las redes y te llamo. Tía Paola, con lo guapa que eres no me extraña que se haya fijado en ti.

—Eres un encanto, siempre tienes una palabra bonita para mí y, aunque sé que lo dices para animarme, te lo agradezco.

Siempre me he considerado físicamente una mujer normal, aunque reconozco que suelo llamar la atención a determinado tipo de hombres.

Nada más colgar entré en Google y escribí su nombre. Aparecieron tres personas con el mismo nombre y que vivían en la misma ciudad, uno de ellos era propietario de una galería de arte. Abrí las imágenes de Google relacionadas con su nombre y aparecían hoteles, objetos de arte y la foto de un señor muy elegante de unos cuarenta y tantos años, sentado en una silla antigua de madera. No se parecía nada a la foto de perfil del francés, aunque podría ser la foto de cualquiera de los tres hombres con el mismo nombre.

Pasada media hora me llamó Sandra. Me contó que había buscado en todas las redes sociales y no lo había encontrado, pero que en Google aparecía por su nombre un señor propietario de una galería de arte. Había comparado su foto de perfil con la que aparecía en Google y, aunque no se pareciera mucho físicamente, su nariz era similar. Creía que podía ser él, pues las fotos podían haber sido tomadas en distintos años y, aunque él podía haber cambiado, la nariz seguía siendo la misma. No teníamos muchos datos, pero por lo menos sabíamos que su nombre, su profesión, la ciudad y su nariz coincidían con los datos que aparecían en Google.

Me pregunté cómo me habría localizado, él del sur de Francia y yo del sur de España. ¿Y si es cosa de tía Mati? Está tan interesada en que me distraiga que quizá lo conociera y le hubiese pedido el favor de que se pusiera en contacto conmigo. Esto sí que lo consideraba una urgencia y decidí llamarla.

Nada más marcar su número de teléfono respondió:

—Hola, Paola ¿Te ocurre algo? ¿Estás bien? —me preguntó preocupada.

—Hola, tía Mati. Tranquila, estoy genial en tu precioso ático de Monte Gordo. Solamente quería consultarte una cosa.

—Paola, te he dicho que solo me llames en caso de urgencia. Mañana pensaba llamarte para saber cómo estabas, hoy estoy muy ocupada.

—De acuerdo, pero déjame que te pregunte algo. ¿Le has dado mi nombre a un atractivo francés para que se comunique conmigo a través de Facebook?

—No sé de qué me hablas, Paola, no le he dado tu nombre a nadie. ¿Por qué me lo preguntas?

—Porque hoy he recibido unos mensajes de un desconocido bastante interesante y no sé cómo me ha podido localizar.

—En las redes sociales se conocen a muchas personas de las que no sabías de su existencia, es algo normal. Entiendo que te sorprenda porque tú no las sueles utilizar y te recomiendo una cosa: si quieres conocer a alguien que sea real, sal a la calle, pasea, vete de compras e intenta conocer personas con las que puedas tener contacto físico. Está bien que conozcas gente a través de la red, pero eso déjalo para otro momento. Ahora aprovecha tu tiempo de vacaciones y conoce el sur de Portugal.

—Como siempre, llevas razón. Además, ahora lo que realmente necesito es conocer a algún hombre con el que poder salir estos días de vacaciones. Tu casa es preciosa, aunque me siento sola. Sabes que soy una mujer independiente; sin embargo, en estos momentos necesito compañía.

—Paola, tengo que colgar. Mañana te llamo y hablamos con más tranquilidad.

II. SOBRE EL AMOR

1 de agosto de 2015

Me desperté temprano. Durante los últimos meses no me había permitido dormir más de seis horas seguidas debido a mi excesiva exigencia con el trabajo y mi reloj mental seguía sonando a la misma hora. Lentamente me levanté de la cama y abrí la ventana que daba a la terraza. Con admiración, contemplé la inmensidad del mar. Me sentí una privilegiada por poder disfrutar de ese pedacito de paraíso.

Después de desayunar comencé a leer un libro de viajes que había comprado del Algarve portugués. Quería conocerlo todo, tenía un mes entero por delante y subrayé por orden mis lugares preferidos.

Lo primero que quería ver era la bonita playa de arena blanca y decidí dar un paseo hasta Praia Verde, famosa por sus dunas y pinares. Según mis cálculos, se podía llegar en menos de media hora caminando, aunque tardaría algo más debido al agotamiento que todavía sufría mi organismo.

De los tres bikinis que me había comprado para este viaje elegí el de color turquesa, a juego con un pareo estampado. Estrenar ropa mejoraba mi estado de ánimo.

No había muchas personas en la playa, todavía era muy temprano. Era el momento perfecto para contemplar la naturaleza al descubierto. Andar por la orilla del mar escuchando el sonido de las olas bañando la suave arena me relajaba. Caminaba absorta en mis pensamientos cuando sonó el avisador de mensajes de Messenger. Pensé que podría ser del francés y decidí no abrirlo rápidamente, no quería que pensara que estaba impaciente por saber de él. No llevaba más de veinte minutos caminando cuando cambié de dirección. Quería llegar cuanto antes a casa para poder leerlo con tranquilidad.

Nada más abrir la puerta me dispuse a abrir el mensaje. Para mi sorpresa no podía acceder a él porque el archivo no estaba disponible. Aparecía una nota informativa en la que explicaba que la causa por la que no se podía abrir era, o bien porque el usuario había eliminado su cuenta, o bien porque me había bloqueado. Lo primero que pensé fue que si el francés estaba buscando a la mujer de su vida habría decidido no perder más su tiempo conmigo y me habría bloqueado. En cierta forma me sentí decepcionada. Parecía un hombre muy romántico e interesante de conocer, pero lo que realmente me interesaba en esos momentos era conocer a alguien de carne y hueso con quien poder salir a cenar, pasear, charlar...

Sobre las cinco de la tarde bajé a la playa acompañada de una silla y un buen libro. Observé a las personas que estaban en la playa; varias parejas, matrimonios con hijos, alguna chica sola, en fin, nada interesante. Por la orilla de la playa caminaba un niño de unos once años jugando con un *frisbee*, lo lanzaba con la mano y volvía a él. Lo hacía muy bien. El siguiente lanzamiento fue hacia el lugar donde me encontraba. Observé como el *frisbee* venía hacia mí, pero sabía que iba a volver enseguida a la mano de su dueño. Sin embargo... no fue así. El *frisbee* fue a parar al lado derecho de mi preciada cabeza. Aturdida, con un ojo abierto y el otro cerrado, contemplé cómo el niño venía corriendo hacia mí. De pronto, se tropezó y se cayó. Medio mareada observé que un hombre muy atractivo levantó al niño del suelo y a continuación me miró y comenzó a caminar hacia el lugar donde me encontraba. En cuestión de segundos se me pasó el mareo y pude abrir bien los ojos.

—Perdone, no sabe cómo lo siento. ¿Se encuentra usted bien? ¿La llevo al hospital? —me preguntó el hombre atractivo muy preocupado.

—Estoy bien, solo un poco mareada y con un leve dolor de cabeza —le contesté sin que me hubiera dado todavía tiempo a reaccionar por lo sucedido.

—No sabe cuánto lo siento. Mi hijo es bastante bueno con el *frisbee*, no sé qué le ha podido pasar. Tony, pide disculpas a esta señora.

—Lo siento, no he querido hacerle daño —me dijo el niño apenado.

—No te preocupes, le puede pasar a cualquiera. He visto que te has caído, ¿te has hecho daño? —le pregunté preocupada.

—Sí, me duele mucho —respondió enseñándome una pequeña herida que sangraba en su pierna izquierda.

—No es una herida profunda, pero lo voy a llevar al hospital. Acabamos de llegar esta mañana a un apartamento alquilado y no hay botiquín —me explicó el padre.

—Yo tengo botiquín en casa y está aquí mismo. Podéis venir y le curamos la herida.

—¿De verdad? No quiero causarle más molestias —dijo el padre del niño.

—No es ninguna molestia, venga, vamos a mi casa a curar esa pequeña herida —insistí, levantándome de la silla.

Al llegar al ático les ofrecí que se sentarán en la terraza mientras yo iba a buscar el botiquín. Por suerte, había visto uno en un cuarto de baño y contenía medicamentos y el material básico para los primeros auxilios. Rápidamente lo cogí y lo llevé a la terraza.

—Aquí está. Vamos a curar esa pequeña, aunque fastidiosa herida —comenté abriendo el botiquín.

—Muchas gracias. Ni siquiera nos hemos presentado. Mi nombre es Martín y mi hijo se llama Tony.

—Yo soy Paola. Por lo que me habéis contado, estáis de vacaciones. ¿De dónde sois? —les pregunté mientras le curaba la herida al niño.

—De Valencia. He alquilado quince días un apartamento aquí en Monte Gordo, pero queremos conocer todo el Algarve, a mi hijo le encanta cambiar de sitio. ¿Y tú, Paola? ¿Vives aquí o estás de vacaciones? Tienes una casa preciosa, las vistas son impresionantes.

—Gracias, pero no soy la propietaria, ya quisiera yo... Es de una tía mía, me la ha dejado durante un tiempo.

—Pues qué suerte. ¿Y estás casada, con pareja?

—No. Estoy aquí sola y además no conozco a nadie.

—Paola, me gustaría invitarte a cenar como agradecimiento y para compensar el mal rato que te hemos hecho pasar esta tarde. Por favor, ¿cenarías con nosotros esta noche? Di que sí...

—Está bien, pero no tienes que agradecerme nada, lo he hecho con mucho gusto —dije sonriendo—. Esta herida ya está curada, poco a poco te irá doliendo menos.

—Gracias, eres muy buena —comentó Tony tocando suavemente la venda que cubría la herida.

—Si te parece bien, te recogemos a las nueve de la noche.

—Estupendo. Os acompaño hasta la puerta.

Cuando se marcharon di un salto de alegría. Había conocido a un hombre que me resultaba muy atractivo y me había invitado a cenar. Aunque tenía una duda que resolver: no sabía cuál era su situación sentimental.

A las nueve en punto bajé a la entrada del edificio. Para la ocasión me había puesto uno de mis vestidos blancos favoritos.

Fuimos caminando hacia la zona donde se encontraban los restaurantes del paseo marítimo. Estaban todos al completo, pero, por suerte, unos señores dejaron una mesa libre y nos pudimos sentar a cenar. A los tres nos gustaba el pescado y lo acompañamos con una buena ensalada y una botella de vino de Oporto.

Durante la cena, Martín me contó que hacía un año que se había separado y que su exmujer se había ido a vivir a Barcelona con su familia. Aunque vivieran en distintas ciudades, siempre que podía iba a ver a su hijo. La separación había sido amistosa, no había terceras personas y se llevaba muy bien con su ex, solamente se había acabado el amor. Me explicó que era ingeniero y que viajaba mucho al extranjero por motivos de trabajo. Nada más terminar el postre Tony comenzó a quejarse, le dolía mucho la pierna y se quería ir. Martín, preocupado por el niño, pagó enseguida la cuenta para llevárselo a casa a descansar. Me acompañaron hasta la puerta del edificio y al despedirnos Martín me pidió mi número de teléfono para llamarme y, si me parecía bien, vernos otro día. Encantada, le dije que sí.

Eran las once de la noche. Encendí la televisión dispuesta a ver cualquier programa para coger el sueño. Con el vino me había animado un poco y no tenía aún ganas de dormir.

De repente sonó el avisador de mensajes de Messenger y me sobresalté. Rápidamente cogí mi móvil y lo abrí. Era el francés:

—*Hola, Paola. ¿Cómo estás?*

—*Hola, Logan. ¿Qué le ha pasado a tu Facebook? No puedo ver tus mensajes.*

—*Paola, explícame sí aún crees en el amor* —me preguntó obviando mi pregunta.

Comprendí que el interrogatorio para saber si yo era la mujer que estaba buscando continuaba. Nunca hablo de mis sentimientos, pensamientos o ideas en la red y menos aún por mensajes y con un desconocido, pero estaba contenta, no sé si por el efecto de la casi media botella de vino que me había bebido y que no me había dado tiempo a digerir. Así que decidí tomármelo como un juego. Además sentía curiosidad por ver qué es lo que quería saber de mí.

—*Aunque haya pasado malas experiencias en el amor, sí, aún creo que existe y que se puede encontrar* —le contesté con sinceridad.

—*Yo también he pasado malas experiencias, pero también creo todavía en el amor. Me gustaría encontrar una mujer con la que volver a ser feliz, una mujer hermosa por dentro, porque yo también lo soy, y que tenga suficiente capacidad de amar para recibir toda la felicidad que yo le voy a dar. Tengo la intención de encontrar a esa mujer, sea cual sea la distancia que nos separe, dejaría mi ciudad si hiciera falta, estoy dispuesto a todo con tal de encontrar mi felicidad.*

—*Logan, ¿qué edad tienen tus hijos?*

—*Dimitri tiene ocho años y Alice diez. Paola, ¿a qué te enfrentas en el futuro?*

—*Seguir trabajando con ilusión en mi nueva empresa y, si es posible, encontrar un gran amor* —le contesté entre risas, aunque en el fondo era lo que anhelaba.

—*¿Para ti es importante el matrimonio?*

—*Soy católica, sí. Pero lo más importante en la vida es la felicidad.*

—*¿Cuáles son tus planes y qué esperas de un hombre?*

—En estos momentos no tengo planes, pero pienso que el objetivo principal es ser feliz —contesté sin querer darle muchas explicaciones.

—A mí no me importa la edad, la distancia ni el color. Para mí lo importante es la belleza del corazón, la lealtad y la confianza. He conocido a mujeres muy hermosas y atractivas que me han hecho sufrir en la infidelidad. Ahora lo que quiero es una mujer buena y fiel, soy demasiado sentimental. Cuando amas a una persona debe haber complicidad, tolerancia, respeto, fidelidad y comprensión. Esa es mi idea de una relación amorosa.

—Me encanta cómo piensas y cómo te expresas. Para ser francés escribes bien en el idioma español.

—Utilizo el traductor, es fantástico. Paola, te voy a dejar que descanses.

Me quedé pensativa. Había contestado a sus preguntas como si de un juego se tratara, pero realmente, cada vez que hablaba con él me sorprendía más. Me gustaba su forma de pensar, era romántico, un hombre con valores y podía percibir en él una gran sensibilidad. Sabía bien lo que quería en una mujer: amor, fidelidad, comprensión, tolerancia y respeto. «Bonitas palabras... La verdad es que me está causando muy buena impresión. ¿Tendré el perfil que está buscando en una mujer? No lo creo, el mundo está lleno de mujeres, pero me da igual, es entretenido chatear con él».

III. TEST

2 de agosto de 2015

Gracias a los efectos beneficiosos del sol me sentía menos cansada y más relajada. El sonido de las olas del mar parecía que me llamaba, así que después de desayunar me fui a pasear por la playa, esta vez pensaba llegar hasta Praia Verde.

Mientras caminaba pensaba en la buena suerte que había tenido nada más comenzar mis vacaciones. Había conocido a dos hombres: uno real, atractivo, con el que poder salir a cenar, y otro virtual, con el que poder conversar. Sin duda, había comenzado con buen pie mis vacaciones.

Cuando regresé a casa cogí una toalla y bajé otra vez a la playa dispuesta a darme un baño. El agua estaba fría, pero después de estar unos minutos en contacto con mi piel sentí una agradable sensación de relajación. Me tumbé sobre la toalla a secar mi cuerpo bajo el sol hasta que, pasado un rato, llegaron Martín y su hijo.

—Hola, Paola. He venido hasta aquí con la intención de verte —me dijo Martín—. Siento que ayer nos tuviéramos que ir tan rápido, Tony anda bastante fastidiado con la herida.

—No importa, lo entiendo —le dije sonriendo.

—Tony, si quieres ve a darte un baño —le propuso Martín.

El niño se fue al agua poco convencido.

—Paola, mañana vamos a ir a conocer Tavira, no sé si nos quedaremos unos días, depende de lo que quiera mi hijo; a él no le gusta estar mucho tiempo en el mismo lugar y yo intento que sea feliz. A la vuelta me gustaría que volviésemos a salir a cenar, si es que tú quieres.

—Claro, llámame cuando regreses y quedamos —contesté con la intención de que le quedara claro que quería volver a verlo.

Pasados unos minutos llegó Tony, con el agua salada le escocía la herida y se sentó con nosotros. No era un niño muy hablador, pero transmitía dulzura.

A la hora de almorzar cada uno nos fuimos para nuestras respectivas casas y quedamos en vernos cuando regresaran de Tavira.

Por la tarde recibí una llamada de tía Mati, como casi siempre, con un número de teléfono desconocido:

—Hola, Paola. ¿Cómo estás? ¿Has descansado un poco?

36

—¡Hola, tía Mati! Estoy bien y tengo cosas que contarte. He conocido a un hombre muy guapo y sigo en contacto con el francés del que te hablé, ¿no es increíble? Solamente llevo dos días aquí, tu casa me está dando suerte.

—Me alegro de que te sientas bien, Paola, pero no es la casa, es que tú estás predispuesta a conocer gente, y sin darte cuenta lo transmites y los atraes.

—Con Martín sí debe ser así, sin embargo, con el francés a través de Internet no creo que pueda transmitirle nada.

—Paola, tienes en tus manos pasar unas vacaciones entretenidas, conocer a distintas personas, así que, aunque te relaciones por la red, no dejes de salir y conocer lugares nuevos. El Algarve tiene unos sitios preciosos. Tengo una libreta en la mesilla de noche del dormitorio azul con los sitios más bonitos que hay por la zona. También tengo apuntado el teléfono y la dirección de unas buenas amigas. Sé que te sientes sola, llámalas y ve a verlas, sobre todo a María, es encantadora y muy acogedora. Ya le he dicho que estás en mi casa y espera que vayas a verla.

—Está bien, mañana sin falta la llamo.

—Una recomendación más. Ve al casino, allí puedes conocer a personas muy interesantes.

—¿Al casino? ¿Yo sola? No, a eso no me atrevo, no creo que nadie se fije en mí y quiera hablar conmigo.

—Eres una mujer atractiva, segura, con don de gentes, siempre te ha encantado relacionarte, tienes ya cuarenta y tres años y algunas veces parece que tienes veinte.

—Bueno, siempre he tenido un lado infantil; puede que con la edad se esté acentuando. La verdad es que en estos momentos me siento algo insegura, quizá sea debido al agotamiento que llevo arrastrando.

—Lo primero que debes de hacer es descansar y coger energía, verás como recuperas pronto tu seguridad. Piensa que es solo una etapa que estás atravesando y tal como ha venido se irá, siempre que pongas de tu parte. Mañana te volveré a llamar. ¿Tienes algo que preguntarme de la casa? ¿Has encontrado todo lo que necesitas?

—Tengo todo controladísimo, no falta de nada en tu casa, es perfectísima. Por cierto, me encanta tu tocadiscos y, si no te importa, lo estoy utilizando. ¡Vaya selección de discos que tienes! Veo que te gusta mucho la música.

—Claro que puedes utilizarlo, es antiguo pero funciona bien. Solamente una cosa: no cojas el LP del grupo Camel, el disco está rayado y quiero arreglarlo. ¿Sabes qué grupo es?

—Sí, claro, un grupo de *rock* británico. Qué antigüedad…

—Cuídate, Paola, mañana hablamos.

Al atardecer me senté en la terraza para contemplar la puesta de sol. Esta vez tenía ganas de escuchar música animada y

había puesto en el tocadiscos el álbum *The Best of Earth, Wind &*
Fire.

Estaba escuchando la canción «September» cuando recibí
un mensaje de Logan. Como siempre, rápidamente lo abrí:

—*Hola, Paola. ¿Cómo has pasado el día?*

—*Hola, Logan. He pasado casi todo el día en la playa, ¿y*
tú?

—*Bien, trabajando todo el día, ahora estoy con mis hijos.*
Dime, en el amor, ¿eres capaz de abrir del todo tu corazón?

Comprendí que el interrogatorio continuaba. Me hizo un
auténtico test sobre lo que opinaba del compromiso, la fidelidad,
la pareja, el engaño, mis capacidades... Una tras otra fui
contestando a sus preguntas, pero sin dar grandes explicaciones.
Cuando comienzo a conocer a un hombre no suelo ser muy
expresiva, sobre todo a través de los mensajes. Soy concisa y
resolutiva, como si estuviera tratando con un compañero de
trabajo, hasta que poco a poco voy tomando confianza y mi alma
sale al exterior. Con Logan, además, tenía otro hándicap: al ser
francés no sabía bien cómo utilizar las palabras para que me
entendiera lo mejor posible.

IV. EL COMPROMISO

3 de agosto de 2015

Cuando abrí los ojos observé que eran ya las diez de la mañana, mi cuerpo estaba comenzando a relajarse y me pedía dormir cada vez más. Lentamente me levanté de la cama y, mirando a través de la ventana, sonreí a la vida, al amor... Tenía un maravilloso día por delante y pensaba aprovecharlo al máximo.

Después de realizar unas compras bajé a la playa con la intención de darme un baño y tomar un poco el sol. A mi lado se sentó una señora con dos niños pequeños. Me miró y, sonriendo, comenzó a hablar en portugués. Por supuesto, no me enteraba de nada y le expliqué que era española. Con un extraño acento español me pidió si podía vigilar su bolsa de playa mientras se bañaba con los niños, o al menos es lo que entendí. En ese momento sonó el móvil e intuí que era un mensaje de Logan. Con una sonrisa y con movimientos afirmativos de cabeza le dije que sí a la señora. Mientras se levantaba abrí el mensaje:

—*Paola, ¿estás preparada para una relación romántica?*

No sabía si continuaba con su interrogatorio o se refería a él. Cuando se lo estaba preguntando la señora se acercó y comenzó a hablarme en su propio y extraño español. Señalando a los niños, se fue hacia la orilla. Por lo visto los dejó a mi cuidado. No tenía tiempo de seguir chateando con Logan y sin pensarlo le contesté que sí, pero que en este momento estaba ocupada y no podía seguir hablando con él.

El resto de la mañana lo pasé con la señora portuguesa y sus hijos. Era una mujer muy agradable, hablaba sin parar y con una rapidez que no daba opción a mantener una conversación, así que me limité a asentir y a sonreír. El solo hecho de estar acompañada me hacía sentir bien.

Por la tarde tenía la intención de llamar a María, la amiga de mi tía, pero se quedó en solo una intención, pues recibí un sorprendente mensaje de Logan:

—*Hola, Paola. ¿Cómo te va el día? Dime, ¿estás lista para comenzar una relación amorosa?*

—*Sí, estoy en buen momento* —contesté intrigada por saber bien a qué se refería.

—*Entonces, ¿te comprometerías a ser mi esposa y la madre de mis hijos?*

Mis ojos se agrandaron, suavemente los froté con la esperanza de que solo fuera un efecto óptico, pero las palabras seguían plasmadas en mi móvil. Tenía que responder a su absurda pregunta y, sin dudarlo, le contesté:

—*No sé si realmente me lo estás pidiendo en serio o quieres saber hasta qué punto soy capaz de comprometerme con una persona, pero sea lo que sea, para mí esa pregunta está fuera de lugar, casi no nos conocemos. ¿Cómo me voy a comprometer con un hombre al que apenas conozco? Creo que tú vas muy rápido, las relaciones tienen su tiempo. Primero nos tenemos que conocer mejor, estar en contacto, saber más el uno del otro. Después, si todo va bien, tendríamos que conocernos en persona. El amor va poco a poco.*

—*Realmente quiero saber si eres una mujer capaz de tener un compromiso. Cuando estoy seguro de una persona quiero tener un compromiso. El ser amigos, hablar, conocernos poco a poco, no me da la seguridad de que te puedas ir con otro hombre. De esa manera me han sido infieles y mi corazón ha sufrido mucho. Si te pido un compromiso es para tener la tranquilidad que mi corazón necesita, quiero saber si eres una mujer que realmente se compromete. Si comenzamos una relación quiero que sepas que yo te seré fiel. Eres una mujer sincera y honesta, si aceptas puedes ir conociéndome y ver si soy un hombre digno de estar a su lado.*

—Me resulta extraño. ¿Por qué yo? Habrás hablado y escrito a muchas mujeres.

—Sí, he conocido y le he escrito a muchas mujeres, pero yo sé muy bien lo que quiero. Mi mujer falleció hace tres años. Me sumí en una profunda tristeza y durante un año solo me dediqué a mi trabajo y a mis hijos, no me relacionaba con nadie. Mis amigos estaban preocupados y me hicieron ver que podría encontrar de nuevo el amor. El hecho de volver a ser feliz comenzó a ser una nueva ilusión para mí. Conocí a varias mujeres cercanas a mis círculos de amigos, pero solo buscaban diversión. Tuve algo más que una amistad con alguna por su atractivo físico, pero eran infieles y a mí eso no me va. Después mis amigos me hablaron de las redes sociales y pensé que quizá era una buena opción. Primero contacté con mujeres muy hermosas, pero tuve la mala suerte de que con la mujer que decidí tener una relación también me fue infiel. Ahora lo que quiero es una mujer hermosa por dentro para entablar una relación seria. No quiero una mujer que me haga sufrir. Me preguntas que por qué te he elegido a ti para tener una relación. Tú eres una mujer hermosa por fuera e intuyo que también por dentro. En principio me he guiado por mi instinto. Elijo después de haber comparado con otras mujeres con las que he contactado. Mi elección es producto del instinto, pero contrastado con la razón.

No sabía qué contestarle, me tenía desarmada. Cada vez que le preguntaba algo sobre lo que tenía dudas lo explicaba de tal forma que le comprendía.

—*Logan, si te parece bien podemos conocernos un poco más, y ver qué nos trae el destino* —le contesté sin querer confirmar el compromiso que me pedía, pero sin querer perder el contacto con él.

—*Soy un hombre que necesita amor. Para mí el amor es la más hermosa de las virtudes. Sacrificarse si es necesario, enojarse y cambiar de tema y más tarde, con comprensión, volver a la discusión con más calma. Esta vida ya es a menudo amarga. El amor debe ser mutuo entre dos personas, no entre diez, espero que me entiendas.*

—*Te entiendo. Llevo bastante tiempo volcada en mi trabajo sin tiempo para el amor y, de repente, entras en mi vida, me hablas de amor y vuelvo a creer en él. La vida ha hecho que desconfié de los hombres, no me es fácil creer todo lo que tú me dices* —le expliqué con la intención de dejarle claro que no pensaba fiarme de él sin conocerlo más a fondo.

—*Comprendo, desconfías de los hombres. Como nos hemos dado nuestro punto de vista sobre el amor ahora quiero que hablemos de la confianza, porque sin ella no hablamos de amor, ¿no? Para mí la confianza es creer en la honestidad, la integridad, la sinceridad y la lealtad. Poder contar un secreto sabiendo que* nunca lo contarás, ya sabes, la confianza no se vende. ¿Qué es para ti la confianza?

—Confiar es saber que una persona es leal, sincera. Yo necesito confiar en ti y además saber por qué me has elegido a mí.

—Paola, como te he explicado, por intuición, comparación, cabeza y razón.

—Me gusta mucho como piensas. Soy muy peculiar eligiendo con quién comparto mis momentos, mi vida y tú eres distinto, creo que eres especial. Quizá podríamos intentarlo, pero poco a poco —contesté llevada por una corazonada.

—A veces creemos que nuestra vida será mejor después de casarse, tener un hijo, una casa. Cuando lo conseguimos pensamos que nuestra vida será mejor cuando tengamos una casa mejor, un coche mejor y la verdad es que no hay mejor momento que el momento presente. Si no es ahora, ¿cuándo? La vida siempre estará llena de retos a los que llegar y proyectos que terminar. Hay que admitirlo y decidir ser felices ahora que todavía hay tiempo.

—Sí, hay que vivir el presente. Siempre he sido una mujer prudente y esto de arriesgarme a ciegas en el amor no lo veo adecuado para mí. Necesito mi tiempo, aunque lo intentaré.

—Me pides tiempo. Durante mucho tiempo pensé que mi vida perfecta sería cuando alcanzase mis objetivos, pero cuando los alcanzaba siempre había un obstáculo en mi camino, un problema que resolver, una deuda que pagar, hasta que me di cuenta de que estos obstáculos eran mi vida. Precisamente esta perspectiva me ha ayudado a entender que no hay camino que conduzca a la felicidad, es la felicidad el camino, y pasa cada momento, y más aún cuando se comparte ese momento con alguien especial y el tiempo no espera a nadie. Siempre vamos a encontrar obstáculos en nuestras vidas, hay que aprovechar el momento y vivir las cosas buenas que se nos presentan en la vida. Nuestros caminos se han cruzado, debemos aprovechar esta oportunidad que nos ofrece la vida.

—Logan, me encanta cómo te expresas, intuyo que eres especial. ¿Qué podemos hacer? —le pregunté dejándome llevar por sus palabras.

—Quiero que seas mi esposa. Te daré todo el amor que necesitas, sé que tú me harás feliz.

—Sigo pensando que vas muy rápido y das por hecho que vamos a encontrar juntos la felicidad. No sé cómo reaccionar, aunque sí sé que quiero conocerte mejor. Además, tú estás en el sur de Francia y yo en el sur de España, ¿cómo vamos a hacerlo? —escribí inundada en un mar de dudas, pero atrapada por sus palabras.

—Quiero vivir contigo algo tan maravilloso como lo que viví con la mujer que amé durante quince años. Con ella conocí la felicidad y quiero probarlo de nuevo contigo. Piénsalo. Ahora voy a dejar que descanses. Buenas noches, Paola.

—*Buenas noches, Logan. Lo pensaré, pero si vamos a tener una relación, sé que quiero que sea poquito a poco.*

Estaba totalmente sorprendida por lo que me estaba pasando. Eran ya cerca de las once de la noche y ni siquiera había cenado. Preparé un sándwich y después me fui a dormir. Por mi cabeza pasaban todas las palabras que había escrito el francés. Tenía una forma de ver la vida que me encantaba. Una y otra vez me preguntaba de dónde había salido y cómo me había encontrado. Pensar en que me había pedido ser su esposa hizo que no pudiera conciliar el sueño. Estaba inquieta y preocupada por lo que estaba sucediendo, pero no por él, sino por mí. Él podría ser un loco, un insensato o a saber… Lo que realmente me preocupaba era lo que yo estaba empezando a sentir, era una atracción extraña, no pensaba comprometerme, pero tampoco quería perder el contacto con él. Algo en mi interior estaba cambiando, quizá fuera solo curiosidad.

48

V. LA DECISIÓN

4 de agosto de 2015

Me desperté cansada y con la misma preocupación con la que me acosté. Hoy volvería a preguntarme sobre el compromiso y estaba hecha un lío. La sensatez me decía que fuera prudente, pero mi lado aventurero y romántico que continuara conociéndole. Además, no tenía por qué tomarme al pie de la letra su proposición, muchas parejas que se conocen se comprometen y si luego no funciona se rompe el compromiso. El contacto es a través de la red y puedo continuar haciendo mi vida, salir y conocer a más personas. En cierta forma, Logan para mí no es real, aun así tengo muy claro que no pienso aceptar la proposición de matrimonio. Una relación virtual, tal vez. ¿Qué puedo perder?

Después de desayunar le mandé a mi sobrina Sandra el mensaje del francés en el que me pedía que fuera su esposa y a continuación fui a caminar por la playa, quizá con la brisa fresca del mar se me aclararan las ideas.

Durante el paseo recordé algunas relaciones que había tenido y que también me habían pedido un compromiso casi desde el principio. Por mi experiencia, este tipo de hombres son impulsivos, quieren una pareja y en cuanto conocen a alguien que reúne el perfil que buscan, quieren formalizar la relación cuanto antes; suelen ser personas dependientes emocionales. No confío demasiado en este tipo de hombres, pues tan pronto como llegan a tu vida, se van sin una explicación razonable. En el fondo son personas enamoradas del amor y, por lo que he podido comprobar, inestables. Con este tipo de hombres lo más sensato es ir poco a poco y comprobar si realmente están interesados por mí o solo creen que eres la pareja que buscan por el mero deseo de llenar su vida o dependencia emocional.

Cuando llegué a casa me senté en la terraza, abrí el ordenador y me adentré en su mundo. Empecé buscando Montpellier. Había estado en Francia, pero no conocía esa ciudad y ahora sentía curiosidad por ver cómo era el lugar donde él vivía.

Por lo que pude comprobar, Montpellier es una bonita ciudad del sur de Francia cruzada por dos ríos y situada a pocos kilómetros de la costa mediterránea. Las imágenes de Google muestran zonas monumentales, museos, catedrales, parques que denotaban un gran ambiente cultural. Entre los lugares más emblemáticos citan el Teatro de la Comédie, el Arco de Triunfo, la Catedral de San Pedro. Sin darme cuenta, en mi imaginación apareció el francés en Montpellier, paseando por la Place de la Comédie. Decidí apagar el ordenador y preparar algo de comer para despejar mi mente con otros menesteres.

Después de almorzar recibí una llamada de Sandra:

—Hola, tía Paola. ¿De verdad te ha pedido un compromiso? ¿Y qué vas a hacer? ¡Qué divertido, cuéntame, cuéntame! —imploró entusiasmada, tomándoselo como una historia entretenida de amor.

—No sé qué hacer, me gustaría conocerlo un poco más, pero ¿cómo voy a comprometerme con alguien que no conozco? ¿Qué tipo de hombre es para hacerme una proposición tan rápido? Es muy raro, de locos.

—Arriésgate. Este hombre te gusta. Si te arriesgas puede salir bien o mal, pero siempre vivirás una experiencia nueva.

—En parte llevas razón, Sandra. Lo pensaré, pero si me decido será solo por la curiosidad que tengo en saber más sobre él.

—Lánzate, no pierdes nada y ¡cuéntamelo todo!

Al atardecer me senté en una de las tumbonas de la terraza dispuesta a contemplar la puesta de sol mientras escuchaba el álbum *Running In The Family* del grupo Level 42. Esta costumbre se estaba convirtiendo casi en un ritual. De repente escuché el

51

sonido del avisador de notificación de Messenger. El corazón se me aceleró, estaba nerviosa y a la vez intrigada por saber qué era lo que me iba a preguntar hoy:

—*Hola, Paola. ¿Cómo has pasado el día?*

—*Hola, bastante bien, ¿y tú?*

—*Preocupado. Lo único que puedo ofrecer a una mujer es mi sincero amor para seguir adelante. Quiero amar y respetar, quiero ser feliz. Tú me haces muchas preguntas y mi corazón está ansioso por saber si quieres tener una relación conmigo.*

—*¿Te preocupan mis preguntas?*

—*Sí. He estado pensando en todo lo que me has dicho y reconozco que soy muy rápido en el amor. Quiero decirte que te tomes todo el tiempo que quieras para conocerme. Si tienes dudas yo estoy aquí para escucharte. Me encanta que la vida me haya dado la oportunidad de conocer a una persona tan sincera como tú a través de Facebook. Tengo una gran intuición contigo y no quiero perderte, así que tómate tu tiempo en nuestra relación, lo haremos a tu manera, nos conoceremos mejor y, si todo va bien, nos reuniremos. Solo te pido que nuestra relación sea seria y me seas fiel.*

—*Gracias por comprenderme. Seré en todo momento sincera contigo. Nos iremos conociendo poco a poco y ya veremos si damos el paso de conocernos en persona.*

—*Como tú quieras, Paola. Me gustaría rehacer mi vida contigo para construir una relación basada en la confianza, el respeto y complicidad. Quiero conocer todo de ti, tus faltas, tus alegrías, tus penas, tus cualidades, tus miedos. Hace mucho tiempo que busco una mujer así. Odio la hipocresía, necesito a alguien sincero a mi lado.*

—*Logan, tú eres rápido en el amor y yo soy lenta, hay que buscar el término medio. Yo también odio la hipocresía, me gusta la gente sincera y natural como creo que eres tú.*

—*Sí, te entiendo, creo que tenemos el mismo perfil de persona. Espero que tengamos una buena relación.*

—*Dime, Logan. ¿Cuáles son tus aficiones favoritas?*

—*Me encanta viajar acompañado de mi máquina de fotos, amo la fotografía y también todo lo relacionado con el arte, pero mi afición favorita es jugar con mis hijos en mi tiempo libre.*

—*¿Y te gusta salir a divertirte con los amigos?*

—*Me gusta salir a cenar, pero no soy un hombre que se vaya de parranda. Solamente a veces para hacer vida social salgo con mis amigos a almorzar o a cenar. Me encantan los buenos restaurantes.*

Estuvimos chateando hasta cerca de las doce de la noche y finalmente se despidió:

—*Quiero ser feliz contigo para el resto de mi vida, Paola. Buenas noches.*

VI. CONSEJOS

5 de agosto de 2015

Por la mañana me levanté con una sonrisa en la cara, estaba muy contenta. Hoy iba a dejar mi paseo habitual por la playa e iría de compras.

Me encontraba en una *boutique* observando un bonito vestido en tonos pastel cuando recibí un mensaje de Logan. Le expliqué que estaba comprando y por primera vez le conté que me encontraba en la playa de Monte Gordo. Me comentó que estaba en la oficina y que aprovechaba unos minutos que tenía libres para hablar conmigo.

A continuación me llamó Martín para comunicarme que ya estaban aquí; mañana iban a ir de excursión a Praia da Marinha y me invitó a ir con ellos. Recordé que en el cuaderno donde tía Mati tenía apuntados los mejores lugares para conocer del Algarve nombraba esta playa como una de las diez mejores de Europa y de las cien más bellas del mundo. Quería conocerla y le dije que iría con ellos.

Por la noche me volvió a escribir Logan. Su conversación seguía versando sobre el amor y cómo era él, lo cierto es que se vendía muy bien. Le expliqué que yo era incapaz de expresarme con tanta soltura como él, que era bastante reservada y me dio una serie de consejos sobre la comunicación entre dos personas que consideré bastantes útiles:

—*A muchas personas no les gusta hablar de sí mismos, ya sea por modestia o por timidez. Sin embargo, los beneficios de la apertura a los demás son múltiples, cuando lo haces correctamente puede ser muy beneficioso en muchas áreas. La vida no es más que una historia de relaciones. Creo que la capacidad de comunicarse es una de las habilidades más importantes que podemos adquirir.*

—*Estoy de acuerdo. Eres inteligente y tienes capacidad de comunicación. A mí me cuesta mucho expresarme si no tengo la suficiente confianza. Me viene bien hablar contigo, te veo tan expresivo que espero lograr serlo también contigo.*

Aunque nuestras conversaciones eran por escrito sentía como si estuviese hablando con él.

—*Hablar en voz alta de tus emociones y opiniones ayudan a clarificar los pensamientos y, créeme, refuerza la confianza en uno mismo.*

—Gracias por tu consejo. Encuentro muy interesantes tus opiniones sobre la vida.

—Gracias a ti por escucharme. Posees todo lo que quiero de una mujer: belleza, corazón y la atención que me estás prestando. Pero te advierto que cuando amo me doy mucho y sueño en casarme y tener hijos, aunque no sé si contigo podré tener alguna vez estas dos cosas. Si me las dieras serías la esposa más mimada del mundo.

—Eso de tener hijos no entra en mis planes. Tengo más de cuarenta años, le dedico muchas horas a mi trabajo y en estos momentos no estoy preparada para tener niños.

—Yo tengo cuarenta y cinco años, y no me importaría tener más hijos, pero si tú no quieres o no puedes no importa, serás la madre de mis hijos. Estoy muy feliz de conocerte, la edad no me importa. Yo quiero conocerte a fondo, en todas tus formas. He adquirido un compromiso contigo, sé que la vida no es fácil, pero juntos venceremos todas las dificultades.

—Tus palabras me dan seguridad para seguir adelante. Esto no va a ser fácil y, como bien dices, si seguimos en contacto habrá que vencer muchas dificultades.

—No tengas miedo, prometo amarte siempre, nunca te dejaré. He esperado mucho tiempo para tener una conexión como la nuestra y no quiero nada más que tu amor.

—Sí, yo también siento que hemos conectado.

—*Me gustaría que me llamaras mi amor.*

—*No me resulta fácil. Por ahora te seguiré llamando por tu nombre, Logan.*

—*¿Puedes enviarme una foto, mi amor?*

Después de pensarlo un rato decidí mandarle una foto reciente que no se podía ampliar, así solo la tendría en tamaño pequeño. A continuación le pedí una foto suya y enseguida la mandó. De pelo castaño oscuro, con la piel bronceada por el sol, con una amplia sonrisa que mostraba unos dientes perfectos, nariz redondeada como en su foto de perfil y unos brazos muy, pero que muy musculosos. Se veía un hombre atractivo, pero para mi gusto sus brazos eran demasiado fuertes, aunque en general estaba bastante bien.

Por la noche soñé con él, con sus ojos, su cuerpo, sus labios...

VII. CONFUSIÓN

6 de agosto de 2015

Sobre las doce de la mañana llegamos a Praia da Marinha. Realmente era un lugar espectacular. Desde el mirador se podía contemplar una impresionante vista completa. Para acceder a la playa había que bajar por una empinada y larguísima escalera.

Una vez abajo, en el lateral derecho había un chiringuito de madera y en el izquierdo una pequeña cueva. Caminamos por la bella playa con figuras de arena y roca creadas por la naturaleza hasta que Martín eligió un sitio para sentarnos a pie de mar, justo enfrente de unas pequeñas barcas en las que se podía realizar alguna excursión para conocer las cuevas naturales.

Martín le preguntó a uno de los encargados de los botes por los lugares más interesantes. El señor se ofreció a llevarnos y enseñárnoslos, previo pago, pero él quería conocerlos por sí mismo.

—Voy a ir a explorar las grutas y las cuevas nadando, ¿te apuntas, Paola?

—Prefiero tomar un poco el sol —dije sin más, por no explicarle que no me sentía capacitada para realizar esa excursión.

—Tony, tú sí que te vienes. ¿Verdad, hijo?

—Bueno... —dijo el niño poco convencido, pero sin atreverse a quitarle la ilusión a su padre.

Padre e hijo se adentraron en el agua y comenzaron a nadar. Martín debía de ser un hombre muy deportista y aventurero, tenía un cuerpo atlético. Estaba moreno por el sol y eso resaltaba más sus bonitos ojos verdes. Físicamente me atraía y, aunque no era conversador, era educado y amable.

A los quince minutos Tony salió del agua.

—¿Ya has visto las cuevas? —le pregunté nada más llegar a mi lado.

—Qué va, no he llegado ni a la primera. El agua está helada y me estaba quedando congelado.

—Y tu padre, ¿sigue nadando?

—Sí, cuando se le mete algo en la cabeza no para hasta conseguirlo y esta vez creo que se va a pillar una pulmonía.

—Bueno, tu padre es mayor y estará acostumbrado a estas cosas. Tony, ¿te gustó Tavira? —le pregunté por entablar una conversación.

—Sí, está bien, aunque para poder ir a la playa hay que coger un barco. Merece la pena conocerla y el agua no está tan fría como aquí.

—Con lo pequeño que eres todavía y lo que te gusta cambiar de lugar y ver sitios nuevos —comenté según lo que me había explicado su padre.

—Pues no mucho, yo prefiero estar más tiempo en un mismo lugar así puedo conocer a niños de mi edad, pero como mi padre persigue a mi madre, estamos siempre de un sitio para otro.

—¿Qué tu padre persigue a tu madre? No te entiendo.

—Sí. Mi madre ha venido de vacaciones con su novio al Algarve. Mi padre lo sabe y me lleva a los lugares donde está para espiarla, por eso siempre estamos de un lado para otro.

—Y, ¿cómo sabe dónde está tu madre en cada momento?

—No sé bien, pero lo ve en su móvil, creo que tiene un rastreador.

—¿Y tu madre lo sabe?

—No, ella no lo sabe. Siempre vamos en el coche sin que nos vea. Mi padre dice que es solo casualidad que coincidamos en los mismos sitios, pero yo sé que la sigue, pues cuando viene a Barcelona a verme también hace lo mismo. Primero me recoge en casa y una vez en el coche espera a que salga mi madre por el portal y luego la persigue despacito durante un rato.

—¿Has hablado de esto con él?

—Alguna vez le he preguntado si estaba siguiendo a mamá, pero él dice que no. Por favor, Paola, no le digas a mi padre que te he contado esto. Me da mucha pena, creo que todavía está enamorado de ella.

—No te preocupes, no le diré nada. Y, ante esta situación, ¿cómo te sientes?

—Bueno, más o menos lo llevo bien. Cuando la sigue, es muy pesado y me aburro mucho, pero luego es tan bueno y cariñoso conmigo que se me olvida. Mira, Paola, ya está saliendo del agua mi padre.

Me quedé muy sorprendida, no daba crédito a lo que había escuchado. Martín caminaba hacia nosotros con paso firme y sonriendo. Ya no lo encontraba tan atractivo como hacía un rato; después de lo que me había contado su hijo mi idea sobre él había cambiado y repercutía también en su imagen física.

—¡Maravilloso! Todo lo que he visto es espectacular —comentó entusiasmado nada más llegar.

—¿No has pasado frío, papá?

—El agua está bastante fría, pero explorar las cuevas ha merecido la pena —dijo intentando disimular su tiriteo-. ¿Qué tal si vamos a comer algo al chiringuito?

—Me parece bien, tengo hambre —respondí sonriendo.

Mientras almorzábamos Martín nos iba contando con todo detalle los lugares que había visto, parecía un hombre coherente y normal. En mi cabeza daba vueltas y vueltas la conversación mantenida con Tony intentando encontrar una explicación razonable. Disimuladamente, observaba al padre y después al hijo y al final me pregunté: ¿quién de los dos será el mentiroso compulsivo, el padre o el hijo?

Aunque también existía la posibilidad que los dos mintieran. Quizá Martín esconda algún secreto que incite a su hijo a pensar que persigue a su madre.

—¿Volvemos a la playa un rato más? —propuso Martín.

Tony y yo estábamos de acuerdo. Cuando íbamos caminando recibí un mensaje de Logan. Les dije que eligieran un sitio donde sentarnos mientras yo iba a pasear un rato y me alejé de ellos con la intención de abrirlo.

Sentada sobre una roca mirando al mar estuve hablando con él cerca de veinte minutos hasta que me despedí y quedamos en continuar chateando por la noche.

Estuvimos en la playa hasta las seis de la tarde. Cuando llegamos a Monte Gordo, Martín me propuso ir por la noche a cenar, pero le contesté que estaba algo cansada, que prefería dejarlo para mañana. La verdad era que no me apetecía ir porque había quedado en hablar con Logan.

—Mañana no sé si estaremos aquí, puede que el fin de semana estemos fuera, pero la cena queda pendiente. Te llamaré —comentó Martín despidiéndose.

VIII. POEMAS DE AMOR

7 de agosto de 2015

Cada mañana me levantaba con más energía, señal de que me estaba recuperando. Después de desayunar, me senté tranquilamente en la terraza a planificar el día; era viernes y quería salir a cenar y visitar el casino, aunque con el único que podía contar era con Martin y estaba segura de que se habría ido a conocer alguna ciudad o a perseguir a su ex, como decía su hijo, así que tendría que salir sola.

Sobre las seis de la tarde, hora en la que me deleitaba con la lectura, recibí un mensaje de Logan:

—*Te extraño mucho, me da miedo perderte. Al principio fue una intuición, pero ahora mi sentimiento es más fuerte. Hablar contigo alegra mis días y ahora sé lo que realmente quiero.*

—*No vas a perderme, como habrás comprobado siempre contesto a tus mensajes de inmediato. Tengo que decirte que esta noche voy a salir, es viernes y me apetece mucho ir a cenar.*

—*Mi amor, en estos momentos lo que quiero es hablar contigo toda la noche.*

Por unos instantes dudé qué hacer. Me estaba pidiendo que no saliera porque quería chatear toda la noche conmigo. No era el plan que tenía pensado, pero al casino podría ir otro día.

—*Está bien, ya saldré otra noche.*

—*Ok, mi amor. No puedo soportar estar lejos de ti, necesito conversar contigo.*

Me organicé como si tuviera una cita para cenar con él. Preparé unos aperitivos, abrí una botella de Mateus Rose y arreglé la mesa de la terraza con un bonito mantel y dos pequeñas velas. Para ambientar la velada elegí el álbum *The Best Of Sade*.

Sobre las diez de la noche recibí su primer mensaje. Me serví una copa de vino y comencé a cenar a la vez que chateaba con él.

Empezó hablando un poco sobre su vida con la intención de que lo conociera mejor: era hijo único y casi toda su vida había vivido en Francia con su madre. Su padre falleció joven, había montado una empresa en Costa de Marfil y, cuando él murió, su madre se tuvo que ir para hacerse cargo del negocio.

Me contó que aunque era muy feliz con sus dos hijos a veces se sentía muy solo y que gracias a mí había recuperado la esperanza en el amor. Llevaba mucho tiempo buscando a una mujer como yo y le daba continuamente gracias al cielo por haberme puesto en su camino. Su mayor deseo era ser mi hombre y ocupar todo mi corazón.

A continuación comenzó a enviar mensaje tras mensaje, palabras y poemas de amor:

«Tú eres el amor de mi vida con quien quiero vivir y hacerte feliz todos los días de mi vida».

«Gracias a ti, mi corazón se ha curado y vuelve a estar preparado para redescubrir todos los rincones del amor. Había perdido tan injustamente que perdí la esperanza hasta que te encontré a ti».

«Ahora sé que mi papel en la tierra era encontrarte, tú eres la mujer de mi vida».

«Cada día que pasa, te quiero más, y es muy difícil vivir tan lejos de tu amor, pero pronto nos reuniremos y será para siempre».

Así continúo toda la noche, mensaje tras mensaje de amor. Las horas pasaban y no me daba ni cuenta.

El fin de semana transcurrió muy deprisa. Estuvimos escribiéndonos a todas horas. Sus conversaciones me tenían totalmente absorbida. Opinaba sobre la felicidad, la ilusión en el amor, enviaba poemas, pero sobre todo insistía en temas sobre la fidelidad; para él era muy importante y me preguntaba una y otra vez de distintas maneras si yo era una mujer fiel. También habló de sus hijos, sus ratos libres los dedicaba a jugar con ellos y ahora también a escribirme. Cada vez tenía más afinidad con él, aunque fuera un hombre virtual, lo sentía cercano y me fui haciendo una idea sobre él: romántico y con una gran sensibilidad. Pero era inevitable que la desconfianza ante esta inédita situación se instalara en mi cabeza. No podía creer que un hombre tan sensible, inteligente, profundo y atractivo, anduviera solo por la vida y algún defecto tenía que tener.

En mis paseos por la playa mi mente buscaba algún fallo y al final saqué una conclusión: si su esposa había fallecido en un accidente de coche, tal vez él fuera con ella y hubiera quedado inválido o incapacitado. En sus fotos solo aparecía sentado y sus brazos eran demasiado musculosos, como si hiciera grandes esfuerzos con ellos. Quizá Logan tenga alguna incapacidad y por ello busca a una mujer en la red, alguien a quién amar, pero que además quisiera cuidar de sus hijos y yo podía ser la persona adecuada, pues era soltera, le había dicho que no tenía la intención de tener hijos y además, estaba siempre pendiente de él. Con esa idea en la cabeza, continué chateando, aun con mis miedos, me parecía uno de los hombres más románticos y sensibles que había conocido.

IX. SIN NOTICIAS

12 de agosto de 2015

Los siguientes tres días no supe nada de él. Le escribí un mensaje para saber si se encontraba bien, pero no contestó. Estaba preocupada, no sabía si le había ocurrido algo y me inquietaba pensar que se podría haber cansado ya de mí. Aunque en el fondo tenía la intuición de que volvería a contactar conmigo.

Durante los días que no tuve noticias suyas estuve muy activa, realicé varias actividades e incluso conocí a un hombre muy simpático.

Una tarde fui, por fin, a tomar café a casa de María. Resultó ser una mujer encantadora, sencilla y hogareña, todo lo contrario que mi tía: aventurera, excéntrica y sin un hogar fijo. Al principio no entendía esa especial amistad que las unía, hasta que María me narró la historia de su vida y lo comprendí.

Al igual que tía Mati, había nacido en Madrid. Fueron compañeras inseparables hasta que a los dieciocho años los padres de Mati la mandaron a estudiar a Londres.

María comenzó a estudiar la carrera de Arquitectura y en el primer curso conoció en su clase a Aldo, un chico portugués con el que congenió muy bien. Estaban todo el día juntos y entre ellos nació un amor muy fuerte. Aldo, para costearse la carrera y la estancia en Madrid, trabajaba por las noches en un restaurante de un amigo de su padre, que también era propietario de un pequeño restaurante en Monte Gordo.

Eran muy felices juntos hasta que en tercero de carrera Aldo tuvo que regresar a Monte Gordo porque su padre había sufrido un accidente que le impedía hacerse cargo del negocio. La separación fue muy dura, pero quedaron en escribirse todos los días. Pasados unos seis meses María recibió una carta en la que Aldo le pedía que se casara con él y se fuera a vivir a Monte Gordo. Aun en contra de sus padres, dejó la carrera y se casó con su querido Aldo. Al principio fue muy duro, durante unos años tuvo que vivir en la casa de los padres de Aldo. Las fuerzas para continuar se las daba el gran amor que sentían los dos. Con el paso del tiempo llegó el auge del turismo en gran parte del sur de Portugal. El restaurante prosperó de tal manera que tuvieron que abrir otro y además se pudieron comprar su propia casa. María opinaba que con amor y paciencia se consiguen todas las cosas.

Con mi tía nunca perdió el contacto. La primera vez que la visitó se enamoró del lugar y le expresó su deseo de adquirir una casa en Monte Gordo cuando tuviera suficiente dinero. Y así fue, al cabo de unos años se compró el ático en el que estoy pasando mis vacaciones.

María hablaba maravillas de Mati, por lo visto la había ayudado mucho. Decía que era una mujer imán, pues atraía a muchas personas. Le gustaba salir y relacionarse, siempre que venía iban juntas al casino y no había un día en el que no se le acercara algún hombre. Ahora entendía por qué me insistía tanto en que fuera al casino y, aunque yo no fuera una mujer imán como ella, iría por curiosidad.

Era una mujer con la que daba gusto hablar y una buena compañera para la vida solitaria que llevaba en Monte Gordo y quedé en ir a visitarla asiduamente.

Cuando llegué a casa recibí una llamada de un número privado. Al contestar nadie respondió y colgué. Pasados cinco minutos volvieron a llamar. Una y otra vez pregunté que quién era, pero no obtuve respuesta. Quien estuviera al otro lado de la línea se quedaba callado, me dio la sensación que solo quería escuchar mi voz. Por curiosidad llamé a mi familia y amigos más cercanos, pero ninguno de ellos me había llamado. Pensé que se podría tratar de una equivocación y no le di más importancia.

El domingo, en uno de mis relajantes paseos por la playa, un señor se acercó y me pidió, en inglés, el favor de si podía hacerle una foto. Le contesté que sí en su idioma, pero le comenté que era española y me lo volvió a pedir en español.

Por la tarde me lo encontré de nuevo. Sobre las cinco bajé a la playa dispuesta a leer un rato. Justo cuando me senté en la silla, lo vi caminando por la playa y se acercó. Me volvió a pedir que le hiciera una foto y después me preguntó si podía sentarse un rato conmigo. Me venía bien conocer gente nueva y accedí. Se presentó como Alfred, alemán y gran aficionado al golf. Le gustaba venir a Monte Gordo porque por la distancia podía disfrutar tanto de los campos de golf del Algarve como de los de las playas cercanas de Huelva. Físicamente era un hombre muy normal, de estatura mediana, de pelo rubio, ojos castaños y con la tripa un poco acentuada, pero era muy simpático, divertido, con una conversación bastante amena y se reía sin parar. Simpatizamos bien y me invitó a cenar. Tenía ganas de salir y acepté la invitación. Después de anotar mi número de teléfono en su móvil se empeñó en acompañarme hasta la mismísima puerta de casa y al despedirse quedó en llamarme cuando tuviera realizada la reserva en el restaurante, en principio para las diez de la noche.

Estaba contenta. Aunque el alemán no era para nada mi tipo de hombre estaba segura de que me lo iba a pasar bien con él.

Me arreglé pronto pensando que por cualquier motivo se adelantara la hora de la cena.

Sobre las ocho y media de la tarde llamaron a la puerta. Para mi sorpresa eran Martín y su hijo. Acababan de llegar de viaje y habían pasado a saludarme. En ese momento estaba escuchando el álbum, *True,* del grupo, Spandau Ballet. A Martín le encantaba la música de los ochenta y me pidió permiso para cotillear los LP que tenía mi tía.

—Hay buena música, si quieres elige un LP —le dije mientras me dirigía hacia la cocina para preparar unos aperitivos.

—He encontrado uno de un grupo que hace años que no escucho. ¿Lo puedo poner?

—Claro, pon el que quieras.

De repente llamaron a la puerta.

—Martín, ¿puedes abrir?

—Por supuesto —contestó abriendo la puerta.

Martín se acercó a la cocina y en tono bajo me susurró:

—Paola, tienes visita. Dice que se llama Alfred.

Fui hacia la puerta y, efectivamente, era el alemán.

—Hola, Paola. Perdona que me presente sin avisar. No se ha grabado en mi móvil tu número de teléfono y como habíamos quedado para cenar he creído conveniente venir a tu casa para avisarte.

—Es todo un detalle, Alfred. Mira, estos son mis amigos, Martín y su hijo Tony. Sentaos en la terraza mientras termino de preparar unos aperitivos.

De pronto, como si saliera del tocadiscos, se escuchó la voz de un señor nombrando una serie de números:

1.8, 1.18, 2.3, 2.15, 2.17, 3.10, 5.8.

—¿Qué es eso, Paola? —preguntó Martín extrañado.

—No sé, parece que la voz sale del aparato. ¿Qué LP has puesto?

—Uno que había del grupo Camel.

—Vaya, mi tía me advirtió que no tocara ese disco porque está rayado —comenté quitándolo enseguida del tocadiscos y sustituyéndolo por el álbum *In The Heat Of The Night*, del grupo Imagination.

Llevé a la terraza los aperitivos que había preparado, una botella de vino verde y una Coca-Cola para Tony. Martín y Alfred mantenían una amena conversación, daba la impresión de que se conocían desde hacía tiempo. Alfred me comentó que había reservado mesa a las diez de la noche para cenar y Martín nos preguntó si podían acompañarnos. Me quedé callada, no esperaba que se sumara sin más a la cena, pero Alfred, muy educado, le dijo que sería estupendo que cenáramos juntos los cuatro.

La cena resultó bastante entretenida. Alfred tenía muy buenos golpes y nos hacía continuamente reír. Al día siguiente se iba unos días a Vilamoura a jugar al golf y me propuso volver a vernos cuando regresara a Monte Gordo.

Cuando me acosté me acordé de Logan. Lo tenía en la mente, pero como alguien irreal. Solo cuando me escribía y estaba en contacto conmigo lo notaba cercano, real. El resto del tiempo me parecía que solo era un sueño.

X. DUDAS

13 de agosto de 2015

Por la mañana temprano recibí un mensaje de Logan en el que me explicaba que su hija había estado muy enferma y no había tenido tiempo para informarme. Preocupada, le pregunté por el estado de la niña y contestó que ya se encontraba mucho mejor, que en esos momentos estaba a su lado y me mandaba un beso.

Todo continuó igual: mensajes de amor, palabras cálidas y sensibles, reflexiones sobre la vida...

∞∞∞∞∞∞∞

Martín y su hijo vinieron a casa un día antes de marcharse a Valencia, les había cogido cariño y en cierta forma me sentía acompañada. Me daba pena que se fueran, además, no había podido descubrir quién de los dos era el mentiroso. Martín me aseguró que seguiría en contacto conmigo.

Por la tarde recibí una llamada de Alfred. Me preguntó si quería ir a cenar con él por la noche. Durante unos segundos lo dudé, pero le puse la excusa de estar cansada. La verdad era que para esa noche tenía pensado organizar una cena romántica bajo la luz de la luna acompañada de Barry White y los bonitos mensajes de Logan. Alfred quedó en llamarme pronto.

Sobre las nueve de la noche me dispuse a preparar la cena y un buen vino para la velada. Coloqué un bonito mantel en la mesa de la terraza y dos velas rojas. De pronto me quedé quieta. ¿Pero qué estoy haciendo? ¿Qué me está pasando? Un escalofrío recorrió todo mi cuerpo al verme a mí misma desde fuera preparando una cena romántica en la que solo iba a estar yo y los mensajes de un desconocido. Si alguien me viera peligraría mi impoluta imagen profesional.

Tenía que ser prudente, no le contaría a nadie más mi extraña relación con Logan. Pensé que me estaba dejando embaucar, estaba bastante apegada a él y ni siquiera lo conocía personalmente. Las dudas empezaron a colapsar mi mente, me preguntaba quién era realmente, por qué entre tantas mujeres me eligió a mí, cómo se había enamorado tan rápido. Recelaba de todo, pero aun así estuve chateando con él hasta cerca de las dos de la madrugada. No sé cómo lo hacía, pero cuando leía sus mensajes me hacía sentir tan bien que se me olvidaban todos mis miedos.

A las once de la mañana fui a recoger a mi sobrina Sandra al aeropuerto de Faro. Iba a pasar dos días enteros conmigo y estaba muy contenta.

Nada más llegar a casa me preguntó por el francés, como ella lo llamaba, e insistió en que le enseñara algún mensaje.

—Mira, este lo he recibido esta mañana —le comenté mostrándoselo.

«Cada mañana cuando me levanto me siento feliz y le doy gracias a Dios por tenerte en mi vida. Me has dado el mejor regalo que pudiera soñar, eres el gran amor que ha iluminado mi vida y enterrado mi pena y mi dolor. Contigo quiero vivir *la vie en rose*».

—Es un encanto está muy pendiente de mí y sabe lo que necesito en cada momento. Aunque últimamente me asaltan las dudas.

—Tía Paola, espero que no sigas pensando que tiene una discapacidad y lo que quiere es que cuides de sus hijos.

—Esa idea ya se fue de mi cabeza, pero ayer se me ocurrieron otras que mejor ni te cuento. Mi principal duda es si Logan es real. Si realmente es viudo y tiene dos hijos. Necesito pruebas de que existe, piensa que el contacto es a través de la red. Al principio no me importaba mucho quien fuera él. Para mí solo era un juego, un entretenimiento, alguien con quien pasar mis ratos de soledad, pero ahora me he dado cuenta de que tengo un sentimiento por alguien a quien no conozco y eso me asusta un poco.

—¿Y por qué no se lo dices? Si él francés es tan estupendo, seguro que te ayudará a disipar tus dudas.

—Quizá sea lo mejor. Por la noche le mandaré un mensaje, ahora vamos a dar un paseo por la playa, te va a encantar.

Sobre las nueve de la noche le envié un mensaje en el que le explicaba que tenía ciertas dudas sobre él y necesitaba pruebas de que tanto él como sus hijos eran reales. Enseguida recibí una fotografía suya con sus dos hijos y me mandó su nombre de usuario de Skype para poder hablar y vernos virtualmente. Me quedé más tranquila al ver que estaba poniendo de su parte para demostrarme que todo era verdad. A continuación me pidió una fotografía reciente y mis datos de Skype para llamarme. La foto se la envié enseguida, pero le pedí que llamara dentro de una hora, quería acicalarme un poco para estar mona para él.

Una vez peinada y maquillada, observamos con detenimiento la foto de Logan con sus dos hijos. Estaba más atractivo que en la primera foto que envió, algo más delgado, con el pelo más claro, pero su sonrisa y su nariz eran las mismas.

—Es perfecto —comentó Sandra mirando la foto.

—Sí, en esta foto sale muy bien y sus hijos son muy lindos.

Una llamada de Skype comenzó a sonar en mi móvil. Estaba tan nerviosa que no me atreví a contestar. Insistió una y otra vez hasta que Sandra me obligó a responder, pero la conexión era bastante mala y no pudimos conectar. Después de varios intentos le sugerí que lo intentáramos otro día.

∞∞∞∞∞∞∞

Por la mañana llevé a Sandra a conocer Monte Gordo y después fuimos a almorzar a uno de los restaurantes del paseo marítimo.

Logan debía estar preocupado por mis recelos porque continuamente enviaba mensajes y cada vez que sonaban en mi móvil mi sobrina se sobresaltaba. Le enseñé algunos de ellos, eran tan ingenuos y románticos que no me importaba mostrárselos. Ella estaba encantada, realmente con Logan era como si de repente volviera a tener un amor de adolescencia; sincero, romántico, limpio, inocente.

Sandra durante todo el día requería una y otra vez que le enseñara más mensajes y ante su insistencia poco a poco se los fui mostrando:

«Mi ángel, eres todo para mí, yo no podría vivir sin ti, eres el sol que ilumina mi vida, eres la llama que me calienta cuando tengo frío. Te quiero mi amor, te quiero para siempre».

«Yo estaba solo en el mundo cuando se cruzaron nuestros caminos, como un sol en la noche, encendiste mi vida, mi amor, te has ganado mi corazón».

Sandra se quedaba embobada leyéndolos. Ahora ya éramos dos las que estábamos enganchadas a los mensajes del francés.

XI. VIAJE INESPERADO

17 de agosto de 2015

Después de llevar a Sandra hasta el aeropuerto llamé a María y quedé en reunirme con ella por la tarde en su casa. Necesitaba hablar con alguien y ella me inspiraba confianza.

Primero hablamos sobre tía Mati. Hacía días que no me llamaba y le pregunté por qué sus padres la mandaron a estudiar a Londres. No quiso darme explicaciones, no le gustaba hablar de cosas personales de otras personas. Comprendí que era una mujer leal, honesta y no insistí. Mientras conversábamos recibí un mensaje de Logan y no vi oportuno abrirlo delante de ella en plena conversación. Pasados diez minutos, con la excusa de que necesitaba ir al baño, me levanté, fui hacia el servicio y una vez allí lo abrí.

—*Hola, mi amor. ¿Falta mucho tiempo para que tú y yo nos conozcamos personalmente?*

Entendí que me estaba preguntando si ya había pasado el tiempo necesario que le había pedido para conocerlo mejor y sin pararme a pensar le contesté que no faltaba mucho tiempo.

—*Mi amor, tengo que ir a Costa de Marfil, mi madre está muy enferma y me necesita allí. ¿Me esperarás?*

—*Sí, claro, te esperaré. ¿Pero cuándo te vas?*

—*Estoy haciendo las maletas, ha sido algo inesperado. Si todo va bien, antes de regresar a Francia me reuniré contigo en España.*

—*¿Si todo va bien?* —le pregunté intrigada.

—*Si todo va bien, cuando regrese de Costa de Marfil, los niños y yo iremos a verte a España o donde estés. Prométeme que me vas a esperar. Creo que eres la persona que completa mi existencia, eres la llave de mi vida. Quiero verte.*

No era el mejor momento ni el lugar para hablar de un tema así. Además, estaba nerviosa porque María me estaba esperando y decidí no hacerle muchas preguntas:

—*Sí, te esperaré, pero escríbeme, quiero saber cómo estáis.*

—*Me llevo el equipo para hablar contigo, pero, mi amor, voy a África, no sé cómo estará allí la conexión.*

—*De acuerdo, te esperaré, no te preocupes por mí, cuida de tu madre.*

Me quedé intranquila, no sabía cuándo iba a volver a contactar con él. Sentí un cosquilleo extraño en el estómago;

había dicho que si todo iba bien vendría a verme. Hasta ahora todo había sido un romance virtual, sin contacto físico, parte real, parte irreal, pero dentro de poco todo se iba a convertir en real.

Después de charlar un rato más con María me fui a casa. Tenía ganas de estar sola y pensar en lo que me había escrito Logan.

Nada más llegar recibí una llamada con número oculto. Al igual que la vez anterior, nadie respondió al preguntar insistentemente quién era la persona que me llamaba. Un misterioso silencio se ocultaba al otro lado de la línea.

Enseguida llamé a tía Mati para preguntarle por la extraña llamada que había recibido. Para mi tranquilidad no le dio ninguna importancia y me recomendó que no estuviese tanto tiempo sola y que fuera más a menudo a visitar a María. Estuvimos charlando cerca de media hora, casi todo el tiempo sobre mi relación con Logan. Me comentó que me notaba con más fuerza y seguridad; nada que ver con la mujer que llegó hace dieciocho días a Portugal.

Por la noche no podía conciliar el sueño. Estaba muy ilusionada porque iba a conocer a Logan, pero no paraba de preguntarme si realmente estaba preparada para dar el siguiente paso.

«No sé si quiero conocer a mi amor. Tengo miedo de que no sea mi amor soñado».

Por la mañana me levanté bastante cansada debido a que había tenido una larga y estresante pesadilla. Caminaba por un bosque y a lo lejos observé una cabaña. Por más que aceleraba el paso no lograba llegar hasta ella. De repente, ante mí apareció un precipicio y, como empujada por el viento, caí al vacío. Solo sentí dolor al llegar al final de la nada, cuando un objeto no identificado me golpeó.

Siempre me ha apasionado el mundo de los sueños y en estos momentos me encantaría poder conectar con el más allá y preguntarle a Freud cómo interpretar esa pesadilla. Según su teoría, todos los sueños representan la realización de un deseo, incluso los sueños tipo pesadillas. Realmente, ¿deseaba conocer en persona a Logan o prefería mantenerlo en mi mundo de ensueño? Con curiosidad, abrí mi ordenador con la intención de averiguar qué significado le daban los especialistas en esta materia a ese sueño.

Soñar con una cabaña tenía varias interpretaciones y escogí la más acorde para mi situación actual: buena perspectiva laboral o situación compleja que hay que controlar para evitar responsabilidades. Ninguno de los dos significados eran preocupantes, cosas normales de la vida. A continuación busqué la interpretación de caer al vacío y golpearse. Esta vez el sentido que le daban a este sueño era mucho más diverso y complicado de definir. Sobre todo me llamó la atención el significado que le atribuían si en la caída te golpeabas: alguien en quien confías te traicionará. Esa frase me inquietó, cerré el ordenador y pensé que lo mejor era distraerme y no pensar más en la extraña pesadilla.

Después de desayunar me senté en la terraza con la intención de leer un libro de fantasía que me transportara a otro mundo, pero ni siquiera Tolkien logró entretener mi mente.

Por la tarde, inesperadamente recibí un mensaje de Logan, ansiosa por saber de él, lo abrí:

—*Hola, mi amor. ¿Cómo estás? ¿Qué hace mi hermosa en este momento?*

—*Hola, ¿ya has llegado a Costa de Marfil? ¿Estás en el hospital con tu madre? ¿Cómo está?* —pregunté queriéndolo saber todo.

—*Sí, mi amor ya estoy aquí. Ahora estoy en el hotel, todavía no he ido al hospital, estoy esperando al notario de mi madre. Viene a buscarme para llevarme al hospital. Quiere hablar con mi madre y conmigo acerca de unos documentos.*

—*¿Cómo estáis?*

—*Bien, los niños un poco cansados del viaje. Te extraño, mi amor. Si todo va bien, muy pronto nos reuniremos en España.*

—*Yo también tengo muchas ganas de veros. Dime, ¿qué estás haciendo ahora?*

—*Esperando al notario, mi amor. No lo conozco, realmente no conozco a nadie aquí. Te extraño tanto, te has convertido en* algo necesario para mi corazón y para mi alma. Mi amor, ¿me puedes enviar una foto?

—Bien, te mando una reciente que sacó mi sobrina.

Las fotos que me había hecho Sandra, eran todas más o menos iguales, con un traje de tirantas color rosa, lo único que cambiaba era la expresión del rostro. Elegí una en la que estaba sonriendo y se la mandé.

—Mi amor eres tan hermosa, me encanta la foto. No puedo dejar de pensar en ti, estás siempre en mis pensamientos. Me están llamando, mi amor, disculpa un momento, puede que sea el notario.

Esperé más de media hora, pensé que ya habría ido a buscarlo el notario y que me escribiría cuando regresara al hotel. Pero no lo hizo hasta la mañana siguiente.

—Hola, mi amor. Estoy en el hospital con mi madre, por ahora todo va bien, cuando regrese al hotel volveré a contactar contigo.

Por la noche me escribió para comunicarme que su madre estaba bien. Estuvimos chateando casi dos horas, hasta que al final el sueño me venció.

XII. EL ROBO

20 de agosto de 2015

Los tres días siguientes fueron muy intensos. Logan se llevó el equipo al hospital y me mandaba mensajes en todo momento; me explicaba lo que le decía el doctor, cuándo iba a tomar café, cuándo iba a comer y cuándo se iba a descansar al hotel. Pensé que el estar tanto tiempo en el hospital se le haría largo y monótono y le venía bien hablar conmigo. La madre, según me contaba, se encontraba bien, hasta que de pronto recibió una llamada del médico y le comunicó que tenían que operarla porque tenía un serio problema cardiovascular. Me explicó que estaba muy preocupado, pues en África la cirugía era bastante cara, pero que él por su madre haría cualquier cosa. Me pidió otra foto para enseñársela a su madre y cuando se la mostró me comentó que ella le había asegurado que yo cuidaría de él.

Estaba preocupada por él, prácticamente pasaba todo el día pendiente de ellos, dejé de dar mis paseos por la playa, de leer, y ni decir de salir y relacionarme.

Por las noches, aunque estaba muy cansado, me seguía mandando mensajes de amor hasta cerca de la una de la madrugada. Poco a poco se estaba colando en mi corazón.

∞∞∞∞∞∞∞

El mes de agosto estaba pasando muy rápido. Ya era día veintidós y todavía no había ido al casino. Estaba tan absorta con los mensajes de Logan que me había olvidado de mí misma. Tenía que hacer algo, se estaban terminando mis días de vacaciones y no había conocido prácticamente ninguno de los bonitos lugares del Algarve que mi tía tenía apuntados en su libreta y decidí hacer ese mismo día alguna excursión.

Justo cuando estaba preparando la bolsa recibí un mensaje de Logan:

—*Hola, mi amor. ¿Cómo estás?*

—*Estoy bien, mi amor. ¿Y vosotros, cómo estáis?*

—*Estoy mal, me ha pasado algo muy malo. Esta mañana he ido al banco a por dinero para la operación de mi madre y tres bandidos me han asaltado. Me han robado todo el dinero, el móvil y el maletín de trabajo. Estoy muy mal, no sé qué hacer.*

—*¡Vaya, menudo susto! Ve enseguida a la embajada francesa y denuncia el robo a la policía.*

—Ya lo he hecho. Me dicen que espere un poco, a ver si atrapan a los ladrones.

—Logan, ¿dónde estás ahora? Si te han robado todo, ¿desde dónde me estás escribiendo?

—Ahora estoy en el hotel, por suerte el equipo lo dejé aquí y también algo de dinero. Ahora te tengo que dejar, me voy al hospital, me llevo el equipo para escribirte desde allí.

Me quedé preocupada, esos países tienen fama de ser peligrosos, y además pensé que había tenido muy mala suerte. En vista de lo ocurrido decidí dejar la excursión para otro día.

Por la tarde me volvió a escribir comentando lo desanimado que se sentía porque no sabía cómo iba a pagar la operación de su madre, pero que tenía esperanzas de que la policía encontrara pronto a los ladrones. Le aconsejé que hablara con algún familiar o algún conocido de su madre y me contestó que él no conocía nada más que al abogado, al notario y al doctor, y que este le había alertado de que como máximo en tres días había que operarla. Me daba pena, pero le aclaré que yo le apoyaba con mi consuelo y con mi corazón, pero que no podía ayudarlo económicamente.

Por la noche me pidió que le mandara otra fotografía y le volví a mandar la misma. Cuando me acosté no me sentía bien. La historia del robo por un lado era poco creíble, pero, por otro, en un país así podía suceder cualquier cosa.

XIII. LA OPERACIÓN

23 de agosto de 2015

Por la mañana Logan me escribió contando que la policía todavía no había encontrado a los bandidos. Estaba desanimado y me preguntó que si cuando terminase todo me reuniría con él en Francia, que haría todo lo posible por hacerme feliz. Le contesté que ahora lo primero era su madre y que en todo momento iba a estar pendiente de él. Nosotros ya tendríamos tiempo para estar juntos cuando se solucionara todo.

Al atardecer salí a la terraza con la intención de recrear mi vista y mi espíritu con la maravillosa puesta de sol, pero recibí un mensaje que provocó en mi mente un eclipse de luna. A partir de ese momento mi mundo con Logan, en cierta forma, cambió:

—*Hola, mi amor, el doctor dice que no pueden esperar más para operar a mi madre. La operación cuesta cuatro mil euros, he conseguido que un amigo de Francia me preste la mitad. Estoy muy desolado, ¿podrías ayudarme?*

—Ya te expliqué que te podía ayudar con mi consuelo, pero no con dinero.

—Por favor, mi amor, es mi madre y no puedo dejar que se muera.

—Estás haciendo que me sienta muy mal. Puedo entender tu desesperación y lo mal que lo estás pasando, pero yo, de verdad, no puedo darte dinero.

—Por favor, mi amor, necesito tu ayuda.

—Me has decepcionado. Yo confié en ti y no esperaba que fueras capaz de pedirme una cosa así.

—Mi amor, lo hago por mi madre, no pienses mal de mí, estoy desolado. Dime qué es lo que necesitas para creerme. Haré cualquier cosa que me pidas para que me creas, por favor, no quiero perderte por haberte pedido ayuda, lo he hecho porque estoy desesperado.

—Ahora estoy muy confusa, mañana hablamos —le escribí despidiéndome entre lágrimas.

Me acosté llorando. Había recibido una dosis de realidad dentro de mi mundo medio irreal.

Solo el hecho de que un hombre me pida dinero me provoca automáticamente desconfianza. Había estado tan unida a él que hasta había podido sentir su desesperación, pero ahora las dudas estaban cobrando forma en mi cabeza. Había podido pensar que tenía alguna lesión por el accidente, que era un hombre impulsivo de los que de pronto lo dan todo y luego se quitan de en medio, pero que todo fuera por dinero, no, no lo había ni imaginado, pues me daba la impresión de que era un hombre económicamente bien situado. Además, si lo que quería era sacarme dinero, no tenía que haber estado tan entregado tantísimas horas, lo podía haber intentado antes. El solo hecho de que me lo hubiera pedido provocaba mi duda racional.

∞∞∞∞∞∞

Por la mañana decidí que tenía que hablar con él del tema económico. Me fui a caminar por la playa, mi cabeza estaba despejada y era buen momento para tomar una decisión. Cuando te enamoras de un hombre y hace algo que no te gusta, a veces tendemos a justificar su actuación. Es como un mecanismo de protección a nuestro amor por él. La situación había que enfrentarla directamente, sin justificar su actitud por la enfermedad de su madre y su desesperación porque pudiera morir. Lo único que no me cuadraba era las molestias que se había tomado hasta llegar a este punto. Demasiadas horas perdidas para él. Yo estaba de vacaciones y sus mensajes me hacían compañía, aunque estaba demasiado apegada a él. Con sus tiernas palabras había despertado en mí un sentimiento. Ahora tenía que poner las cartas sobre la mesa y averiguar si mis dudas eran reales o fruto de mi inseguridad e imaginación, como me había sucedido otras veces.

Eran cerca de las tres de la tarde cuando recibí un mensaje de Logan:

—*Hola, mi amor. ¿Cómo estás?*

—*Hola, Logan, estoy regular. Tenemos que hablar de una cosa que me preocupa mucho y quiero que te quede muy clara.*

—*¿Qué es?*

—*Cuando te conocí me explicaste que estabas buscando a la mujer de tu vida y me hablaste de amor, pero no me contaste que también buscabas una mujer con dinero. Yo trabajo, pero estoy empezando a montar mi propia empresa y eso acarrea muchos gastos. Creo que tú has pensado otra cosa de mí, por eso te lo explico. Si tú lo que necesitas es una mujer con dinero, esa mujer no soy yo. Deberías habérmelo preguntado antes de comenzar la relación. Te lo digo para que lo sepas y tomes una decisión, pues creo que a ti te interesa mucho la economía de las personas.*

—*OK, mi amor. Te escribo para comunicarte que están operando a mi madre. La embajada francesa consiguió una clínica privada para que la pudieran operar cuanto antes; la trasladaron rápidamente. La embajada se va a hacer cargo de los gastos y yo les pagaré cuando regrese.*

A continuación recibí otro mensaje, era una imagen. Extrañada, observo que son unos cirujanos operando a una mujer.

—*Entonces, ¿están operando a tu madre?*

—*Sí, mi amor, estoy muy contento. Es lo que te quería contar desde el principio.*

—*Me alegro mucho y sobre todo por ti, que lo estás pasando tan mal. Luego seguimos hablando. Ahora voy a almorzar.*

Me quedé pensativa, ¿sería verdad? Eso es lo que parecía… Si era así, qué mal pensada había sido, aunque por lo menos le había dejado muy claro que conmigo no contase para temas económicos y eso me tranquilizaba. Lo mejor en una relación es ir resolviendo todas las dudas cuanto antes.

Por la noche me escribió cuando llegó al hotel. Me explicó que todo había ido muy bien, estaba muy contento, pero cansado y necesitaba dormir.

∞∞∞∞∞∞∞

Me desperté temprano. Estaba algo inquieta, había algo en mi cabeza que el corazón no le dejaba salir. Preparé el desayuno y me senté en la terraza a leer la prensa, aunque hoy lo que sucediera en el mundo me daba igual, mis pensamientos estaban en las últimas conversaciones mantenidas con Logan. Me pregunté por qué se alojaba en un hotel, si su madre vivía en Costa de Marfil, tendría que tener una casa o algún lugar donde residir allí. Tenía la mente colapsada de preguntas, debía dejar de pensar en Logan, tenía que hacer algo entretenido que lo alejara de mi cabeza al menos durante un rato y decidí hacer una excursión. Abrí la libreta donde tía Mati tenía apuntados los mejores lugares por conocer en el Algarve y elegí visitar, Vila Nova de Cacela. En ese preciso instante recibí un mensaje:

—*Hola, mi amor. ¿Cómo estás?*

—*Hola, estoy bien. ¿Cómo estáis tú, los niños y tu madre?*

—*Gracias por preocuparte por nosotros, eres mi amor en el hogar. Estamos todos bien. Ahora nos encontramos en el hospital. En cuanto mi madre se recupere nos reuniremos en España. Los niños te dicen, hola.*

—*Dales un beso fuerte de mi parte, lo estarán pasando muy mal.*

—*Sí, esto no es fácil, yo no quería que vinieran pero mi madre me lo pidió.*

—*Entiendo, se encontraría tan mal que desearía veros a todos. ¿Cuánto tiempo tiene que estar hospitalizada?*

—*Me han dicho que de dos a tres semanas. Mi Amor, estoy cansado, hablamos cuando llegue al hotel.*

Cuando Logan me escribía, era como si me hablara al oído, podía escuchar hasta su voz. Eran ya cerca de las doce de la mañana y pospuse la excursión para otro día.

Hacía tiempo que no sabía nada de tía Mati y la llamé. Enseguida contestó, pero me explicó que en esos momentos estaba en una reunión de trabajo en Estocolmo y no podía hablar conmigo.

Siempre que la llamaba estaba en un país diferente, era incansable. Su trabajo tenía que ser muy interesante, pero agotador. Me encantaría saber realmente a qué se dedica, es tan misteriosa que despierta en mí una gran curiosidad.

A las diez de la noche Logan volvió a contactar conmigo. Quería preguntarle cosas sobre Costa de Marfil. Desde que llegó nuestras conversaciones se habían centrado tanto en su madre que ni siquiera habíamos hablado sobre ese país, además, había dado por hecho que se encontraba en la capital. Necesitaba comprobar que todo era verdad y busqué la fórmula para que no sospechara que mis recelos seguían ahí:

—Hola, mi amor, te extraño. Acabo de llegar al hotel.

—Hola, ¿cómo está tu madre?

—Va bien. Yo estoy muy preocupado es lo único que me queda. Mi padre murió joven, luego mi esposa y ahora a ella no la quiero perder.

—Mi amor, ¿cómo es Costa de Marfil?

—Es un país muy pobre, aquí la gente no sabe hacer dinero. El paisaje es hermoso.

—Y, ¿dónde estás ahora?

—*En la capital económica, Abiyán.*

—*¿Tu madre vive allí?*

—*No, ella vive en Soubré.*

En ese momento se aclaró una de mis dudas. No se quedaba en su casa porque vivía lejos de la capital económica donde estaba el hospital, por eso estaba en un hotel.

—*¿Por qué me preguntas cosas sobre Costa de Marfil?*

—*Por hablar contigo y distraerte un rato. Anda, cuéntame cosas sobre ti.*

—*OK, mi amor. Pregúntame lo que quieras.*

—*¿Desde qué edad vives solo en Francia?*

—*Desde los veintitrés años. Mi padre era explotador forestal de cacao y café. Murió joven y mi madre se fue a Costa de Marfil para hacerse cargo de la empresa de mi padre. Ahora el negocio no funciona bien. Hasta hace unos años era bastante próspero, todo lo que tengo en Francia lo adquirí gracias a los beneficios que generaba, pero hace unos años mi madre resolvió asociarse con un señor. Al principio fue bien, pero más tarde descubrió que la estaba engañando y que había estado realizado operaciones sin su consentimiento que fueron un fracaso.*

—*Y dime, ¿por qué no se va tu madre a vivir con vosotros a Francia?*

—*Lo he intentado muchas veces, pero ella no quiere, está muy apegada a este lugar.*

—*Me contaste que eres propietario de una galería de arte, ¿es verdad?*

—*Sí, así es.*

—*Y, ¿te gusta tu trabajo? ¿Va bien el negocio?*

—*Me encanta mi trabajo. El negocio ahora no va igual que antes, la crisis ha afectado a todos los sectores y también a este, aunque creo que pronto solucionaré los problemas.*

—*Logan, seguimos hablando mañana, debes de estar muy cansado.*

Por la noche dormí estupendamente, parecía sincero, me había ido contestando rápidamente a todas mis preguntas sin pararse a pensar. Mis dudas se estaban disipando, pero quería averiguar de alguna manera si lo que me había contado era verdad.

∞∞∞∞∞∞∞

Nada más desayunar me dispuse a encontrar información sobre la República de Costa de Marfil. En mi ordenador busqué datos sobre el país, y en especial sobre Abiyán, la capital económica, que era la ciudad donde según Logan, se encontraba en estos momentos.

«Costa de Marfil, antigua colonia francesa, accedió a la independencia en 1960. El idioma oficial es el francés. Es un país que ofrece una gama diversa de paisajes, desde la sabana desértica al norte del país hasta la selva virgen. El límite sur lo marcan kilómetros de costa que se extienden a lo largo del Atlántico. La zona más lluviosa se caracteriza por las grandes plantaciones de productos de exportación tales como el café, el cacao y el plátano. La capital es Yamusukro y la capital económica es Abiyán, con una población de más de cuatro millones de habitantes. Abiyán cuenta con una gran vida comercial mezclada con una exuberante vegetación y una arquitectura moderna unida a la tradicional africana»

La mayoría de los hospitales se encuentran en Abiyán y también las clínicas privadas.

A continuación busqué algo de información sobre el lugar donde vivía su madre, Soubré: ciudad situada al sudoeste de Costa de Marfil, donde principalmente se produce cacao y café.

Todo cuadraba con lo que me había contado. Pensé que lo que debería de hacer era disfrutar del amor que Logan me daba en estos momentos y aprovechar los pocos días de vacaciones que me quedaban en Monte Gordo.

XIV. EL FINAL DE LAS VACACIONES

27 de agosto de 2015

Las vacaciones se estaban acabando y antes de regresar quería hacer muchas cosas, entre ellas, ir al casino, realizar alguna excursión, visitar a María y comprar regalos.

Después de dar un relajante paseo por la playa fui a la zona comercial de Monte Gordo. El Algarve es un buen lugar para ir de compras. Hay una gran variedad de artículos hechos a mano muy bonitos, decorativos y a buen precio. Para hacer regalos hay donde elegir.

Compré todos los obsequios excepto el de tía Mati, era el más difícil y no encontré nada original para ella.

A las dos de la tarde fui a comer a uno de los restaurantes propiedad de la familia de María donde preparaban un estupendo arroz caldoso con bogavante. Mientras almorzaba recibí un mensaje de Logan y otro de Martín. Logan estaba muy contento, su madre estaba mejorando y estaba más tranquilo. Pensé que quizá fuese un hombre que en momentos de tensión era impulsivo, irascible y poco lógico, pero si era así, una vez solucionado el problema, volvía a ser él mismo.

Martín no contaba nada especial, de vez en cuando me mandaba mensajes por WhatsApp para saber cómo estaba y enviaba fotos de él con su hijo. Aunque no fuera buen conversador me gustaba que quisiera mantener el contacto conmigo.

Los siguientes días los pasé prácticamente pegada al móvil chateando con Logan. Continuaba hablando de amor con una gran sensibilidad, mandaba poemas, me contaba día a día como su madre iba mejorando. Seguía insistiendo sobre la importancia de la fidelidad, hasta me llegó a pedir que le prometiera que le iba a ser fiel toda la vida. Le contesté que primero teníamos que conocernos en persona y si cuando nos viéramos nuestros sentimientos seguían igual que hasta ahora le sería siempre fiel. Le pareció bien, me expresó que cuando su madre se recuperara vendría a España con sus hijos a verme, ya había buscado hasta a una señora para que cuidara de ella cuando saliera del hospital para poder venir cuanto antes. Una de las cosas que también me preocupaba era el idioma. Mi francés se reduce a *mon amour* y poco más..., pero me explicó que en Francia había recibido algunas clases de español, lo suficiente en un principio para comunicarnos.

Se le daban bien los idiomas y en poco tiempo lograría hablarlo con fluidez. Además, si todo iba bien, quizá se planteara dejar su país y venir a España para vivir *la vie en rose* por siempre conmigo.

∞∞∞∞∞∞∞∞

Mis vacaciones llegaron a su fin. Era día treinta y uno de agosto y regresaba a mi casa. De los últimos objetivos que me había propuesto realizar antes de marchar solo había cumplido uno, comprar regalos. Ni excursiones, ni casino y tampoco fui a visitar a la encantadora María.

A mi tía le había comprado una bonita cadena de plata y el último disco de Justin Timberlake, espero haber acertado.

El sol, los paseos por la playa y los románticos mensajes de Logan habían logrado que me restableciera por completo. El agotamiento había desaparecido y mi estado emocional denotaba paz e incluso felicidad.

«Creo que estoy a punto de alcanzar la estrella dorada».

Antes de partir para España me dispuse a echar un último repaso a los LP de tía Mati y encontré lo que estaba buscando: la canción, «La Vie en Rose», de Édith Piaf, versionada por Grace Jones. Ordenando los discos eché en falta el LP del grupo Camel, lo busqué una y otra vez. Estaba segura de que no lo había movido del armario, recuerdo perfectamente el día que Martín lo escogió y, como estaba rayado, lo coloqué en el mismo lugar y no lo volví a utilizar. Registré por todas partes, armarios, cajones, incluso por la terraza. El disco había desaparecido. Tenía que contárselo a tía Mati, no creía que le diera importancia y decidí decírselo cuando llegara a España.

Mientras escuchaba la preciosa canción, recordé los momentos que había vivido en esta casa; los eternos mensajes con Logan, mis extrañas cenas solitarias bajo la luz de la luna. Todo me recordaba a él. Había sido un verano con sabor a Logan. Ahora sentía también como mía la frase que él tanto me repetía, «contigo quiero vivir para siempre la *vie en rose*».

XV. EL FUNERAL

España, 1 de septiembre de 2015

El regresar a la ciudad, después de haber estado todo un mes descansando, me provocó un poco de ansiedad. El solo hecho de pensar que tenía que volver a la rutina diaria y comenzar a trabajar me produce agotamiento. Además, ahora ya no iba a tener tiempo para estar todo el día pendiente de Logan y tendría que buscar la manera de ir desenganchándome a sus mensajes, lo cual no me iba a resultar nada fácil.

Los dos primeros días no lo logré e incluso conectamos a través de Skype, aunque solo pude ver su imagen durante unos segundos y borrosa. Pude apreciar sus brazos musculosos y su rostro entre varias líneas discontinuas que impedían verlo con nitidez. Me fijé en el lugar donde se encontraba: paredes blancas y un par de cuadros de paisajes, típicos de los hoteles de no más de tres estrellas. El sonido tampoco funcionaba, por lo visto le había comentado el gerente del hotel que no había buena conexión y preferí continuar escribiendo a través de Messenger.

Cuando me acosté su imagen aparecía en mi cabeza una y otra vez. La había visto muy difusa y lo único que había reconocido de él eran sus brazos y su nariz, pero ¿no estaría yo demasiado obsesionada con su nariz? ¿Y si la viera igual en todas sus fotos y realmente no fuera la misma?

Entre mis pensamientos me quedé dormida, pero me desperté cinco veces con la imagen que había visto de él a través de Skype.

Por la mañana aún tenía grabado su rostro en mi mente. Estaba preocupada, no podía continuar tan apegada a Logan y decidí centrarme seriamente en mi trabajo.

Serían las tres de la tarde cuando recibí un mensaje que me dejó bastante mal. Logan estaba en la morgue, su madre había fallecido. Estaba bastante afectado y sentí su muerte. Sabía que había estado mucho tiempo en el hospital cuidándola con la esperanza de que se recuperase pronto y me preocupaba que le pudiera dar algún tipo de bajón emocional.

El resto del día no tuve más noticias suyas. Estaba intranquila y por la noche decidí mandarle un mensaje:

—Hola, Logan. ¿Cómo te sientes?

—*Hola, mi amor, no muy bien, me siento raro, es como si estuviera soñando. Yo he perdido a mi padre y a mi madre, ahora estoy solo.*

—*No estás solo. ¿Cómo están tus hijos?*

—*Dimitri duerme y Alice está apoyada sobre mi pecho, te manda un beso. Mi amor, no quiero perderte, tú eres mi vida. Prométeme que no me vas a dejar solo con los niños, la vida no ha sido fácil para mí. Pienso en el momento en que formemos una familia y seamos felices para siempre.*

—*Ahora estás pasando un momento muy duro, ya verás como la vida pronto te sonreirá. Estaré pendiente de ti.*

—*Quiero llevar el cuerpo de mi madre a Francia para hacer los funerales allí, es complicado, muchos papeles y puede tardar varios días. Mi amor, me duele mucho la cabeza, voy a tomar los medicamentos que me han mandado.*

Los dos días siguientes estuve bastante pendiente de él. Le preguntaba continuamente cómo se encontraba y siempre me contestaba que no me preocupase por él. Estaba muy liado con el papeleo para el traslado del cuerpo de su madre a Francia y otro tema importante que tenía que resolver. Una y otra vez me repetía que era el amor de su vida, que nunca me iba a dejar y que cuando solucionara un asunto importante vendría a España a conocerme. Por sus palabras, noté que se encontraba mejor y pude centrarme un poco más en mi trabajo, hasta que de pronto todo cambió:

—*Hola mi amor. No voy a poder llevar el cuerpo de mi madre a Francia, es demasiado costoso, quería solucionar un asunto que me permitiría su traslado, pero se está complicando. Dentro de dos días voy a realizar los funerales aquí. Estoy desolado y me gustaría que vinieses y estuvieras en estos duros momentos a mi lado.*

—*Logan, me encantaría estar en estos momentos junto a ti, pero es un viaje muy precipitado.*

—*Mientes, mi amor.*

—*¿No me crees? ¿Pero cómo voy a preparar de pronto un viaje a Costa de Marfil?*

—*Perdona, mi amor, es fallo del traductor. Me gustaría que estuvieses aquí, pero comprendo que es precipitado y no puedas venir. Perdóname, no he querido decir eso, eres muy importante para mí. Gracias por estar en mi vida.*

—*Está bien, no tiene importancia. ¿Dónde van a ser los funerales? Estoy muy preocupada por ti y los niños.*

—En Abiyán. Me hubiera gustado que mi madre te hubiese conocido, pero ella me dio su bendición cuando le hablé de ti. Le doy gracias a Dios por darme una mujer que además de hermosa tiene un gran corazón. Te prometo que voy a hacerte feliz toda la vida.

Aunque Logan estuviese pasando por un mal momento siempre tenía una frase, palabra o expresión cariñosa para mí, y eso era de agradecer.

XVI. EL TESTAMENTO

7 de septiembre de 2015

Por la tarde, después del funeral, Logan me envió un mensaje:

—*Hola, mi amor. Hoy es un día muy triste para mí. Sé que la vida continúa y con el tiempo superaré la perdida de mi madre. Hoy el notario me ha dado un documento y quiero que lo veas. Está en francés, tendrás que traducirlo.*

—*Siento por lo que estás pasando. Mándame el documento, mi amor.*

—*OK, mi amor. Ahora mismo te lo envío, cuando lo hayas leído, mándame un mensaje.*

Con curiosidad, abrí el archivo. Estaba en francés y me dispuse a traducirlo de inmediato.

Era el testamento de su madre. Designaba a Logan como único heredero de sus bienes inmuebles y finanzas. En una mención confidencial disponía que había depositado en una compañía de seguridad de Abiyán, la cantidad de quinientos mil euros, nunca declarados oficialmente. Ese dinero era para él con la condición que tenía que utilizarlo para fines nobles.

Con detenimiento observé el documento. Estaba firmado por un notario de Abiyán en el año dos mil doce y contenía los correspondientes sellos oficiales. Todo parecía correcto.

En principio me alegré por él y sus hijos porque iban a recibir una buena cantidad de dinero, pero no entendía por qué me lo había mandado. Después de revisarlo de nuevo le escribí un mensaje:

—*Hola, Logan. Ya he leído el documento. Es el testamento de tu madre y me alegro mucho por vosotros.*

—*Sí, es su legado, pero hay un problema. El dinero está bloqueado y para desbloquearlo el notario me pide cuatro mil euros por el trámite. En estos momentos no dispongo de esa cantidad. Llevo un tiempo intentando solucionarlo, pero hasta ahora no lo he conseguido y te pido ayuda. Te prometo que en cuanto tenga el dinero te lo devolveré.*

—*No te entiendo, ¿no eres propietario de una galería de arte? Tienes que tener tu propia disponibilidad económica.*

—*Sí es cierto, tengo mi propia galería y, aunque últimamente no va muy bien, me da algunos ingresos, pero recuerda que te conté que me robaron todo en el banco y todavía* no han encontrado a los ladrones ni creo que los encuentren nunca. En estos momentos no tengo liquidez.

—¿Y por qué no le pides ayuda a tus amigos de Francia?

—Hace unos meses les tuve que pedir un favor por unos asuntos relacionados con la galería y, aunque no fue ayuda económica, ahora no quiero molestarlos otra vez. Aun así, se lo he pedido a mis dos mejores amigos, pero ellos no están pasando una buena racha económica y no quiero insistir. Espero que me entiendas, no es nada fácil para mí esta situación. Con ese dinero pensaba ir a España a verte cuanto antes.

—De alguna forma tendrás que solucionarlo. Yo no te puedo ayudar.

—La mano me dijo que tú eras la persona que me podías ayudar.

—No es así, yo no te puedo ayudar. Ya no te lo repito más y, ¿de qué mano hablas? —le pregunté sin saber a qué se refería.

—La mano del amor, te quiero y no quiero perderte nunca. No juegues con mi vida.

—Yo no juego ni con tu vida ni con la de nadie, quizá seas tú el que esté jugando con la mía, me estás confundiendo. Soy sincera contigo, me he llevado horas y horas pendiente de ti dejando a un lado muchas cosas.

—Yo nunca te he mentido, mi amor. Perdona si te he molestado, pero la mano me dijo que tú me ayudarías. Ahora me voy a descansar, me duele mucho la cabeza. Yo te amo.

Estaba desconcertada. Me había sentado fatal que me hubiera pedido dinero y mis dudas volvieron a merodear mi cabeza, pero me tenía tan pillada que mi corazón lo quería creer a toda costa. Busqué en Google qué significaba la mano del amor y se refería a la lectura de manos. Entendí, por lo que había expresado, que le habrían leído las manos y le vaticinaron que la persona que le podía ayudar era yo.

Mi mente estaba confusa, no sabía qué pensar. Tendría que esperar a ver cuál sería su siguiente reacción para saber realmente qué es lo que quiere y busca de mí.

No dormí en toda la noche. Estaba inquieta, nerviosa, preocupada.

Cuando me levanté lo primero que hice fue intentar averiguar si el documento que me había enviado era verdadero o falso. Busqué en Google formatos de testamentos franceses y encontré alguno que otro similar. Después investigué el nombre del notario. No aparecía en las primeras páginas, pero al final lo localicé. Todo parecía correcto y aún así, continuaba intranquila. Quizá solo fuera otra de sus reacciones impulsivas como consecuencia de su desesperación. Tendría que averiguarlo.

No tuve noticias suyas hasta bien entrada la tarde:

—Hola, mi amor. ¿Estás enfadada conmigo?

—Hola, estoy confusa. ¿Cómo estáis los tres?

—Yo bien, los niños muy cansados de estar aquí.

—¿Qué has hecho hoy?

—Hoy ha venido una amiga de mi madre a vernos. El resto del día encerrado en la habitación pensando en qué me puedes ayudar.

—Ya te he dicho que con dinero no te puedo ayudar. Cada vez que hablas de ello me siento muy mal.

—Me encanta que seas así, mi amor. Sabía que esa iba a ser tu reacción. Lo que yo te quiero pedir es otra cosa. Cada día que pasa la situación es más complicada, yo estoy bien, pero los niños no. Te pido que vengas a buscarlos y te los lleves a España hasta que resuelva el asunto del testamento.

Me quedé perpleja y a continuación le contesté lo primero que vino a mi cabeza sin pararme a medir las palabras:

—Pero ¿cómo voy a ir de pronto a recoger a Abiyán a tus hijos? Me estás pidiendo cosas que yo no te puedo dar. ¡Ni siquiera los conozco! Estoy abrumada con tus problemas. Al principio todo era muy bonito, ahora la cosa ha cambiado, demasiados contratiempos.

—Los niños no están bien. Pensé que nuestro amor era para lo bueno y para lo malo. En estos momentos estoy muy solo y pensé que podrías venir a por ellos.

—*Siento mucho las circunstancias por las que estáis atravesando y espero que muy pronto se solucione todo* —escribí despidiéndome, sin darle más explicaciones.

Me sentía apabullada por sus problemas. Había sido dura con él, pero en estos momentos la situación podía conmigo.

Los últimos acontecimientos avivaron mi lado más frío y distante como medida de protección ante un posible desengaño. Pero esta vez quería dejar mi corazón al descubierto y dejarlo palpitar asumiendo el riesgo de sentir dolor. Logan había despertado en mí un fuerte sentimiento que no quería dejar marchar.

Pasé otra noche sin apenas dormir. Por más vueltas que le daba a la situación no encontraba una solución para Logan. No pensaba ir a buscar a sus hijos y no sabía lo que era o no era verdad. Pero sea lo que fuese, habían unos niños de por medio y eso tocaba mi sensibilidad. Pensé que había sido demasiado severa con él. Había actuado como algunas personas a las que yo misma cuestioné por huir de alguien cuando tiene problemas. Yo no era así. Logan había sido siempre muy amable conmigo y no se merecía esas palabras. Para mi tranquilidad decidí buscar algún tipo de salida para ellos.

Por la mañana con la cabeza más despejada y más tranquila, le mandé un mensaje:

—*Hola, Logan. Me gustaría saber cómo estáis. Aunque no pueda ayudarte con lo que me pides estoy muy preocupada por vosotros.*

No recibí contestación hasta el mediodía:

—*Hola, Paola. Uno puede mejorar, pero los niños están regular. No sé cómo resolver esta situación, nadie me puede echar una mano.*

—*A veces las soluciones tardan en llegar, pero al final siempre se abre una puerta. Logan, ¿has ido a la embajada francesa? Quizá ellos te puedan ofrecer algún tipo de apoyo, puede que conozcan a algún prestamista para estos casos.*

—*Esto es África, aquí la gente no funciona como en Europa.*

De repente se me ocurrió una idea que en parte era verdad y en parte mentira. Mi intención era seguir descubriendo si me estaba o no engañando. Conozco a una persona que se mueve mucho por África, aunque no hasta el punto de conocer a los embajadores, pero quizá conociera a alguien en Costa de Marfil que le pudiera ayudar. Con buena intención, pero envuelta en una pequeña mentira por mi afán de descubrir la realidad, le escribí un mensaje:

—*Logan, tengo un compañero de trabajo que está muy bien relacionado con las embajadas de África. Voy a intentar localizarlo por si conociera al embajador de Francia en Abiyán para que se ponga en contacto con él y le hable de tu problema.*

—*Gracias, mi amor. Eso sería estupendo. Ya he ido varias veces a la embajada, pero ellos no pueden hacer nada con estos asuntos. Pero si tu amigo habla con ellos, es posible que se esfuercen por ayudarme.*

—*No te prometo nada. Está siempre viajando y no sé si lo podré localizar, pero lo intentaré.*

—*OK, por lo menos veo que te preocupas por mí e intentas ayudarme. Eso me reconforta.*

—*¿No has pensado en regresar a Francia?*

—*Claro, sobre todo por los niños. Quiero resolver el tema del testamento antes de volver y, aunque quisiera irme, no tengo dinero para el viaje.*

—*Voy a llamar a mi compañero. Cuando lo localice te informaré* —escribí despidiéndome.

Me quedé más tranquila. Si no le importaba que mi amigo hablara de él en la embajada francesa significaba que decía la verdad. Ahora para sosegar mi conciencia tendría que llamarlo. No sabía nada de él desde hacía años y tal vez hasta hubiese cambiado de número de teléfono. Sin pensar bien lo que le iba a decir lo llamé, pero no contestó. A continuación, le mandé un mensaje preguntándole si conocía a alguien en Costa de Marfil, a lo que tampoco respondió.

Por curiosidad busqué en internet los precios de los vuelos desde el aeropuerto de Abiyán al de París y, el más económico que encontré para ellos tres, superaba los cuatro mil euros.

Pensé que el dinero que guardaba en el hotel lo estaría utilizando para cubrir sus gastos. Otra vez todo lo que contaba tenía sentido.

XVII. RAQUEL

10 de septiembre de 2015

Por la mañana, después de realizar unas gestiones, me senté en la terraza de una cafetería a tomar un té. Estaba inmersa leyendo la prensa cuando alguien se acercó.

—¡Paola!

—¿Raquel? ¡Cuánto tiempo sin verte! Anda, siéntate un rato conmigo.

Raquel había sido una de mis mejores amigas de la tierna infancia, hasta que a los catorce años destinaron a su padre a Madrid. Durante varios años mantuvimos el contacto, pero poco a poco, sin darnos cuenta dejamos de saber la una de la otra.

—Dime, Raquel, ¿qué haces por aquí? ¿Qué es de tu vida? ¿Casada, soltera? —le pregunté impaciente por saberlo todo.

—He venido para ocuparme de unos inmuebles propiedad de mis padres que todavía tienen aquí. Y mi vida… No sé por dónde empezar, pero te la resumo un poco. Comencé a estudiar la carrera de Periodismo en Madrid, pero la verdad es que no se me daban muy bien los estudios y no la terminé. Me casé a los veintidós años, con un hombre muy bien situado del que he estado muy enamorada y con el que tengo una hija. Esa etapa de mi vida la dediqué a cuidar de mi familia, siempre estaba pendiente de ellos y eso me hacía feliz. Pero hace unos meses nos hemos separado. No ha sido una ruptura traumática, sino amistosa. Hacía ya un tiempo que venía notando que mi marido tenía demasiadas reuniones de trabajo, comidas, cenas y cada vez estaba más distante conmigo. Antes siempre íbamos a cenar una vez a la semana y cada dos fines de semana hacíamos un viaje. Pero él cambió; ya no viajábamos y rara vez salíamos a cenar. Tenía el presentimiento de que pudiera haber otra mujer, de hecho alguna que otra vez me habían comentado que lo habían visto comiendo o cenando con una señora, aunque por la descripción que me daban no era la misma. Él me decía que eran reuniones de trabajo y, para mi tranquilidad, prefería creerlo. Se cuidaba mucho, gimnasio, pádel, natación. Cuando una cierra los ojos es porque no quiere ver. Poco a poco me fui desilusionando, ya no era el hombre del que me enamoré, hasta que un día decidimos separarnos. Ahora llevo el negocio de los inmuebles de mis padres, no porque necesite el dinero, sino por tener mi tiempo ocupado. Mi hija ya tiene diecisiete años y ya no necesita de mi continua atención como antes. Bueno, Paola, este es mi resumen, ahora te toca a ti. ¿Casada, soltera?

—Por ahora soltera. He tenido dos relaciones serias, pero no funcionaron. He conocido a hombres muy interesantes, aunque ninguno como para querer compartir mi vida, y también he sufrido más de un desengaño. Con el tiempo me he hecho bastante independiente, prudente, exigente, aunque siempre termino enamorándome del menos conveniente. Este verano he conocido a un hombre con el que he conectado casi desde el principio, pero en estos momentos estoy bastante confusa.

Necesitaba hablar de Logan y le conté toda la historia a Raquel. Todo, sin dejar ningún detalle. Quería saber su opinión, precisaba que alguien que no me conociera mucho me aconsejara para tener una idea objetiva.

—¡Vaya historia, Paola! Tengo amigas que han conocido a sus maridos a través de las redes sociales. Yo nunca las he utilizado, por ahora.

—¿Qué opinas de lo que te he contado? ¿Crees que Logan dice la verdad? —le pregunté impaciente por saber su opinión.

—Creo que estás muy pillada por él, pero no enamorada. Si realmente lo estuvieras no te harías tantas preguntas y te dejarías llevar. Por lo que me cuentas, es un hombre romántico, siempre está pendiente de ti y ahora tiene serios problemas. ¿No será que te está probando para saber cómo reaccionas ante sus problemas?

Si él está buscando a la mujer de su vida para casarse y ser feliz, quizá te esté poniendo a prueba para saber si tú eres una mujer capacitada para afrontar cualquier contratiempo.

—Puede ser, no lo había pensado. ¿Pero qué me dices del tema económico?

—Bueno, en el poco tiempo que llevo separada he conocido a algunos hombres y a uno de ellos era evidente que lo único que le interesaba de mí era el dinero. Eso hoy en día es bastante común, pero tú le has insistido en que no puedes ayudarle económicamente, así que él ya sabe que no eres una mujer pudiente. Lo que me preocupa, Paola, no es lo que realmente quiera él, sino lo cogida que te tiene. Por lo que me has contado, estás tan pendiente de él que no tienes tiempo ni para trabajar y seguro que tampoco sales con los amigos. Te tiene absorbida y tienes que hacer más tu vida, aunque también continúes tu relación con él.

—Llevas razón, pero no es nada fácil. Últimamente le doy muchas vueltas a todo lo que me dice.

—Necesitas conocerlo en persona ya. Paola, te propongo una cosa. ¿Qué tal si nos vamos las dos a Costa de Marfil? Tengo muchas ganas de viajar, pero no tengo con quién hacerlo y sola no me atrevo, pues siempre que he viajado ha sido acompañada de mi exmarido. Además, no conozco África y pienso que nos vendría muy bien a las dos. Te propongo un viaje a Costa de Marfil, tú conocerías a Logan en persona y aclararías todas tus dudas para poder continuar tu vida con o sin él, y yo haría un viaje de placer acompañada que me vendría muy bien. Al viaje te invito yo, que por suerte estoy muy bien económicamente en estos momentos.

—No sé qué decirte, Raquel. Esto no me lo esperaba, parece que África me llama. Logan me ha pedido dos veces que vaya y ahora tú también me lo propones. Tengo que pensarlo bien. Además, no puedo permitir que me invites y yo ahora tengo muchos gastos con la puesta en marcha de la empresa.

—¡Qué poco lanzada eres, Paola! Las oportunidades hay que aprovecharlas y tú tienes que tomar una determinación con respecto a Logan, no puedes seguir así. Por el dinero no te preocupes. ¿Vas a rechazar una invitación para conocer en persona al posible hombre de tu vida?

—No sé si es el hombre de mi vida, ni creo estar enamorada de él, pero sí estoy muy apegada y aferrada a sus mensajes. Para saber qué es lo que realmente siento por él tendría que conocerlo en persona. Acepto tu invitación, pero no puedo estar muchos días fuera por mi trabajo.

—¡Estupendo! Hoy mismo llamaré a la agencia de viajes para organizarlo todo e irnos cuanto antes. Mañana me voy ya para Madrid. Solo te pongo una condición: además de ir a conocer a tu francés también quiero conocer algo del país.

—Me parece bien. Creo que cuando le diga a Logan que voy a ir a verlo se alegrará mucho.

—No le digas nada. Si quieres saber quién y cómo es él de verdad, más vale que lo descubras por ti misma.

—Sí, quizá sea mejor. Averiguaremos quién es sin que él lo sepa y después, si todo va bien, le diré que estoy allí.

Raquel apuntó todos mis datos y quedó en llamarme en cuanto tuviera fecha para el viaje. Estaba contenta, aunque tenía miedo. Mi extraño y en parte imaginario mundo con Logan se iba a hacer realidad, para bien o para mal.

Por la noche me llamó Raquel:

—Paola, en dos días nos vamos a Costa de Marfil.

—¿En dos días? Lo veo muy precipitado...

—Cuanto antes mejor, así no te da tiempo a arrepentirte. Lo tengo todo prácticamente organizado. Salimos el día 12 desde Madrid.

—Ay, me acaba de dar un escalofrío... ¿Cómo has podido organizarlo tan rápido?

—Chica, la práctica, los viajes con mi ex siempre los organizaba yo. Llegas a Madrid el día 12 al aeropuerto Adolfo Suárez a las doce de la mañana. El vuelo para Abiyán sale a las seis de la tarde. Hacemos escala y cambio de avión en Casablanca y llegamos al aeropuerto Port Bouet sobre las doce y media de la noche. Son casi siete horas de vuelo, pero es el más rápido que he encontrado para estas fechas. Cuando llegues a Madrid tienes dos opciones: puedes venir a mi casa o esperar en el aeropuerto. Yo llegaré sobre las cuatro de la tarde.

—Mejor me quedo en el aeropuerto. Me llevaré algo para leer.

—Estupendo. Te voy a mandar un correo con todos los datos y la información que he considerado importante para viajar a este país. ¿Estás contenta? Va a ser un viaje emocionante, lo intuyo.

—Estoy nerviosa, pero decidida a vivir esta aventura pase lo que pase.

—¡Pues a preparar las maletas! En solo dos días nos vemos en Madrid, amiga.

Estaba nerviosa, tanto por la ilusión de viajar como porque iba a conocer a Logan. Rápidamente llamé a tía Mati. Durante mis vacaciones le había ido hablando de él, pero no le había hablado de los últimos acontecimientos y ahora quería contárselo todo.

—Hola, tía Mati, tengo muchas cosas que contarte. ¿Puedes hablar ahora conmigo?

—Hola, Paola, cuéntame lo que quieras. En estos momentos estoy sola y tranquila. ¿Va todo bien?

—En dos días me voy a Costa de Marfil con una amiga.

—¿Cómo? Explícate, por favor.

Tardé casi veinte minutos en narrarle todo lo acontecido con Logan. Cuando terminé de hablar suspiró y al cabo de unos segundos me contestó:

—Paola, te voy a dar mi opinión personal. Cuando estabas en Portugal sabes que siempre te insistía para que salieras y te relacionaras. Al principio me hiciste caso, pero poco a poco te fuiste encerrando en tus mensajes con el francés. Te notaba tan contenta e ilusionada que pensé que ese hombre virtual, fuera quien fuese, te estaba viniendo muy bien, así que en cierta forma me alegré por ti. Pero después de lo que me has contado veo que la situación ha cambiado, ya no estás ilusionada, sino preocupada. Puede ser que Logan realmente tenga problemas, nos puede pasar a todos, pero no debería involucrarte, ni siquiera os conocéis personalmente. En mi opinión, si a ese hombre realmente le importaras no te pediría ayuda económica, aunque también cabe la posibilidad, como te ha dicho tu amiga, de que te esté poniendo a prueba.

—Sí, he pasado de estar ilusionada a estar continuamente preocupada y no puedo centrarme bien en mi trabajo. Me tiene absorbida, por eso he decidido ir a averiguar quién es realmente.

—Conociéndote, ya le habrás intentado sacar toda la información posible. Tú eres de las que no paras hasta solucionar un asunto o, como en este caso, descubrir si todo lo que te ha contado es verdad.

—He intentado averiguar todos los datos posibles, he buscado información sobre lo que me iba contando e incluso le he tendido alguna trampa, y todo cuadra a la perfección. Sin embargo, tengo la intuición de que esconde algo y quiero salir de dudas cuanto antes.

—Estoy de acuerdo. Debes ir a conocerlo, yo en tu lugar ya lo habría hecho, ya sabes lo aventurera que soy. Pero ten cuidado, no sabes lo que te puedes encontrar y puede ser peligroso, sobre todo al país al que vas. Apunta la dirección y el teléfono de la embajada española y llévalo siempre contigo. Te llamaré todos los días. ¿Sabes ya cómo lo vas a localizar? Si no le vas a decir que estás allí tendrás que tener algún plan.

—Lo primero que haré será ir a la embajada francesa a preguntar por él, ya me inventaré alguna excusa. Sí allí no me dan la información del hotel donde se hospeda localizaré al notario. Tengo todos sus datos en el testamento que me mandó. También puedo buscar el hospital donde estuvo ingresada la madre.

—Veo que lo tienes todo bien organizado. Dime, Paola, ¿se lo has contado a tu familia y amigos?

—No, de Logan solo he hablado contigo y con Sandra, y no pienso contarle a nadie que me voy a Costa de Marfil a conocer a un hombre con el que tengo una relación virtual. Voy a decirles que me voy unos días de trabajo a Madrid.

—Me parece muy bien. Espero que todo salga perfectamente. Llámame en cuanto llegues al hotel.

—Tía Mati, acabo de recordar algo que te tenía que haber contado cuando estaba en Portugal. El disco del grupo Camel ha desaparecido, espero que no te importe, era solo un disco rayado.

—¿Cómo que ha desaparecido? En algún lugar de la casa debe de estar. ¿Utilizaste el disco? Te dije que estaba rayado.

—Un día que vino Martín con su hijo a visitarme, sin darme cuenta, puso el LP. Se escuchaba la voz de un señor contando números. Enseguida lo quité.

—Dime, Paola, ¿Martín escuchó también esa voz?

—Sí, Martín, su hijo y Alfred. ¿Por qué? ¿Significa algo?

—¿Cuándo desapareció el disco? ¿Estás segura de que no está en la casa?

—Me di cuenta el día que regresaba a España. Miré bien por todo el ático y no lo encontré. No le di importancia. ¿Significaba algo para ti?

—Lo que me extraña es que haya desaparecido, haré unas llamadas para que lo busquen bien, solo por curiosidad. Ahora lo importante es tu viaje a África. Ten mucho cuidado, estaré pendiente de ti.

Cuando terminé de hablar con tía Mati abrí un mensaje que me había mandado Logan. Me informaba de que un amigo iba a intentar ayudarlo desde Francia vendiendo algunos objetos de su galería de arte, pero como podría tardar algún tiempo también iba a contactar con unas personas en Costa de Marfil con las que se iba a reunir para ver si lograba solucionar el asunto. Me dijo que durante unos días iba a estar muy ocupado y quizá no pudiera contactar conmigo, pero que en cuanto le fuera posible me escribiría.

En cierta forma eran buenas noticias. Saber que Logan iba a estar en el país todavía un tiempo y, además, que no pudiera contactar conmigo durante unos días me venía muy bien para mis planes.

XVIII. CONCLUSIONES

12 de septiembre de 2015

En este momento son las cuatro de la tarde. Acabo de terminar de leer todas mis anotaciones. Raquel debe de estar a punto de llegar, espero que me dé tiempo a apuntar las conclusiones a las que he llegado. Ahora puedo ver mi historia con Logan desde fuera. El haber escrito todo lo que me ha ido sucediendo día tras día, me ha dado una visión general y algo más objetiva de él, aunque creo que he perdido la capacidad de pensar racionalmente. El amor en cierta forma, nubla la mente, el entendimiento.

En general veo que me encontraba atravesando una etapa en la que estaba bastante predispuesta a encontrar el amor: sola, con agotamiento y con el corazón abierto y fácil de conquistar. Al principio me lo tomé como un juego, un entretenimiento más, algo irreal para llenar mis horas de soledad. Pero sin darme cuenta me enganché a sus mensajes, eran adictivos, todo bueno, fácil y positivo; era un romance cómodo, tranquilo. Estaba de vacaciones y tenía todo el tiempo del mundo para chatear con él. Despertó mi lado más romántico y me hizo sentir muy bien hasta que llegaron los problemas. Cuando mi sensatez y mi lado racional quisieron salir, ya estaba demasiado pillada y necesitaba seguir recibiendo esas pequeñas dosis de amor a las que él poco a poco me había ido acostumbrando.

Con respecto a Logan, desde el principio ha sido un hombre educado, correcto, romántico, fiel, atento. Parecía el hombre perfecto, sabía lo que quería, lo que necesitaba escuchar y poco a poco me lo iba dando. Tenía muchos datos sobre mí, información que ingenuamente yo misma le había ido facilitando.

Me hizo creer que yo era el centro de su vida, su gran amor, el camino para volver a ser feliz. Sin embargo, ahora veo que su objetivo era otro: quería lograr que él fuese lo más importante y el centro de mi vida, y lo había conseguido.

En este momento la razón y el corazón están jugando una batalla en mi mente, pero es el corazón el que lleva ventaja y quiere ganar este juego. Realmente me gustaría que todo fuese verdad, que sus problemas desaparecieran, que fuera el hombre que me ha dicho que es y ser feliz por siempre con él.

Raquel me acaba de llamar. Me espera en el mostrador de facturación. Ya queda menos para conocer personalmente a mi querido, extraño y en cierta forma irreal, Logan. El hombre perfecto que en mi mente había creado.

SEGUNDA PARTE

ÁFRICA

XIX. ABIYÁN

Costa de Marfil, 12 de septiembre de 2015

Sobre la una de la madrugada aterrizamos en el aeropuerto de Abiyán, Félix Houphouét Boigny, conocido como aeropuerto de Port Bouet, el más importante de Costa de Marfil.

Durante el vuelo, Raquel me había contado que había contratado a través de su agencia de viajes los servicios de un guía y traductor con la condición de que debía reunir varios requisitos: tenía que ser de origen francés, atractivo y simpático.

Cuando llegamos al *hall* de llegadas había varias personas que portaban un cartel con el nombre de sus clientes. Raquel comenzó a caminar con paso ligero y la seguí hasta que llegamos hasta la persona que portaba un cartel con su nombre.

Raquel me miró y me sonrió. El guía era un hombre de no más de treinta y cinco años, alto, rubio y con unos bonitos ojos color miel. Nos saludó en español con acento francés y nos indicó que le siguiéramos hasta el coche. Raquel se sentó en el asiento del copiloto y yo sola detrás. Lo prefería, estaba cansada y no tenía ganas de hablar. Una vez organizados el guía se presentó:

—Mi nombre es Fabrice y durante vuestra estancia en Abiyán voy a ser vuestro guía e intérprete. Tengo muchos planes para vosotras, os va a encantar esta ciudad.

—Fabrice, ¿dónde has nacido, aquí o en Francia? —le interrogó Raquel.

—En el norte de Francia. Llevo diez años residiendo en Abiyán.

—¿Y por qué vives aquí? Francia es un país precioso — le preguntó con la intención de sacarle información sobre su vida.

—Es una larga historia, pero os la resumiré. Nací en Amiens. Cursé estudios de turismo, los idiomas siempre se me han dado bien, y trabajé para varias agencias de viajes. Hace diez años un cliente me ofreció la oportunidad de llevar la dirección de una agencia con sede en Abiyán. Al principio la idea de tener que venir a vivir aquí no me gustó nada, pero económicamente la oferta era muy tentadora y vi la posibilidad de un futuro prometedor. Cuando llegué me costó mucho trabajo adaptarme a este país, costumbres y personas diferentes, pero poco a poco me fui habituando y ahora soy bastante feliz. Por mi trabajo conozco bien África y dentro de poco voy a montar mi propia agencia especializada para empresas y viajes de negocios. Aún me falta algo de capital, pero pronto podré cumplir mi sueño.

—¿Estás casado? —le preguntó Raquel sin rodeos.

—No, soltero y por ahora con ganas de continuar estándolo. Cuando ponga en funcionamiento mi empresa, puede que forme una familia, pero por ahora no entra en mis planes.

—Eso es porque no has conocido aún a la mujer de tu vida —opinó Raquel, coqueteando con él.

—Puede ser —contestó Fabrice sonriendo.

Daba la sensación de que Raquel tonteaba con el guía y este estaba encantado. Durante el trayecto no me dirigieron la palabra, era como si yo no estuviera en el coche. Se enfrascaron en una conversación a dos dirigida en todo momento por ella. Era tan entretenido observar cómo lo llevaba a su terreno que ni siquiera miré los lugares por los que íbamos pasando.

—Hemos llegado a vuestro hotel, por cierto, uno de los mejores del centro de la ciudad. Os acompaño a recepción —dijo Fabrice saliendo del coche.

Fabrice cogió las maletas de Raquel y nos indicó que le siguiéramos.

Al llegar a recepción, Raquel me informó que había reservado dos habitaciones individuales. Estaba tan cansada que en cuanto me dio mis llaves les dije que me iba a dormir.

—Raquel, ¿desayunamos juntas mañana?

—Claro, pero no muy temprano. Si te parece bien nos llamamos sobre las diez de la mañana.

—De acuerdo, que descanséis. Hasta mañana, Fabrice.

XX. PRIMEROS PASOS

13 de septiembre de 2015

Me desperté pasadas las diez de la mañana. Los primeros segundos creí estar en mi cama, pero enseguida reaccioné; estaba en Costa de Marfil. Tenía curiosidad por ver cómo era la ciudad, mi habitación estaba situada en la última planta del hotel y seguro que tendría buenas vistas. Abrí la ventana, hacía calor, el cielo estaba cubierto de nubes, era un día de color gris. El panorama que tenía ante mí era de una gran ciudad, edificios altos, rascacielos, calles amplias y una bonita laguna, parecía una ciudad europea o americana, realmente no tenía la sensación de estar en África. Según la información que me había dado Logan, pensaba que era un país muy pobre y me costaba creer que hubiera una ciudad tan grande como me parecía Abiyán desde la ventana.

A continuación llamé a Raquel y, con voz de estar aún dormida, me contó que ayer, después de dejar las maletas, se fue

139

con Fabrice a tomar una copa y que se había acostado cerca de las cuatro de la madrugada.

—¿De verdad? ¿Y dónde fuisteis a esas horas? —le pregunté asombrada.

—Me llevó a la zona 4 de la ciudad, a un bar con música *reggae* en directo. Me encanta Fabrice, es simpático, divertido y muy atractivo. He quedado con él a las doce de la mañana para que nos lleve a la embajada francesa.

—¿Le has contado que estoy buscando a Logan?

—Sí, le he explicado parte de la historia, nos tiene que traducir y vi conveniente que supiera la verdad. Él piensa que en la embajada debemos decir que queremos localizar a un amigo que se encuentra en Abiyán, cuantas menos explicaciones demos mejor. El caso es conseguir la dirección del hotel donde se encuentra tu Logan.

—Me parece bien. No quiero que la gente se entere de mi extraña relación. Comprendo que al guía se la hayas contado porque nos va a ayudar a localizarlo.

—Paola, voy a ducharme y a organizar las maletas. Desayuna por tu cuenta, nos vemos a las doce en recepción.

—De acuerdo, hasta luego.

A las doce menos cuarto me dirigí al *hall* del hotel. Dominaba bastante bien el idioma inglés, pero no el francés y me había descargado en el móvil una aplicación para traducir de español a francés, tanto escrito como hablado, lo que me daba algo de seguridad a la hora de comunicarme.

Me senté en un sillón cerca de la puerta de entrada y comencé a leer unos folletos de información turística de la ciudad. En ese momento entró el guía en el hotel. Enseguida me vio y sonriendo se acercó.

—Hola, Paola. ¿Has descansado? —me preguntó sentándose a mi lado.

—Sí, bastante bien. Lo primero que he hecho es abrir la ventana para contemplar la ciudad. Me ha parecido muy grande, europea, rica. Aunque había visto alguna foto por Internet me ha sorprendido bastante.

—Abiyán es una de las ciudades más pobladas de Costa de Marfil, incluso de toda África.

—Fabrice, ¿te importaría hablarme de Abiyán mientras esperamos a Raquel?

—Por supuesto, es parte de mi trabajo. ¿Qué sabes sobre esta ciudad?

—Muy poco. He visto alguna foto y lo que he observado hoy desde la ventana de la habitación.

—Pues tu amiga está muy bien informada y, no solo sobre Abiyán, sino sobre toda Costa de Marfil —dijo mirándome detenidamente—. No te preocupes, te hablaré de una forma muy fácil para que lo comprendas.

En ese momento me di cuenta de que Fabrice había pensado que yo debería ser algo tonta o corta de mente. Entiendo que viajar por primera vez a un país sin tener información no es nada normal y comprendía que se hubiera sorprendido, pero mi situación había sido un tanto peculiar. La única información que tenía era la que me había ido interesado buscar en mis averiguaciones sobre Logan: testamento, embajada, notario, hospitales, plantaciones, todo aquello sobre lo que me hablaba lo contrastaba para ver si era verdad, pero no tenía datos sobre la ciudad. La verdad es que como Raquel me dijo que ella se iba a encargar de todo, el único día que tuve para organizarme, lo dediqué por completo a preparar el vestuario adecuado para este precipitado viaje y, como el trayecto era bastante largo, mi idea era que Raquel me hablara con detenimiento sobre Abiyán, pero nada más subir al avión se tomó una pastilla para dormir, me ofreció otra y la acepté de buen agrado, así que la mayor parte del vuelo lo pasamos soñando. Tenía que explicárselo, no quería que se hiciera una idea falsa sobre mí, pero enseguida comenzó a darme explicaciones y lo dejé hablar. Ya en otro momento le explicaría que no era tan tonta como le parecía.

—Abiyán está situada en la laguna Ébrié. Esta laguna está separada del océano Atlántico por un largo y estrello cordón litoral. Para que te hagas una idea, esta ciudad se encuentra en el borde de esta laguna.

»La ciudad tiene barrios ricos, similares a los europeos y barrios pobres, estilo africano. Concretamente, ahora estamos en el barrio de Le Plateau, uno de los más importantes. Es la zona donde están los negocios, la mayoría de las actividades administrativas y comerciales de la ciudad. Gran parte de las empresas de Costa de Marfil tienen su sede aquí. En esta zona se encuentran casi todos los comercios y bancos. Es el mayor centro financiero de Costa de Marfil. Como has visto desde la ventana, los edificios son muy altos, las avenidas muy amplias y cariñosamente algunos le llaman el «París de África» o el «pequeño Manhattan». No sé si habrás visto alguna foto de París y Manhattan para que entiendas lo que te quiero decir.

Había estado una vez en París y dos veces en New York, y sabía perfectamente a lo que se refería. En cuanto se lo contara dejaría de tener la idea que se había formado sobre mí.

—Te entiendo. He estado...

—Ahí está Raquel —me interrumpió el guía al verla llegar.

Fabrice observó fijamente a Raquel. Como siempre iba impecable, aunque vistiera de *sport* iba elegante: pantalón vaquero y un suéter blanco que resaltaba su esbelta figura. Un largo collar de pequeñas perlas azules y blancas, y un bolso Chanel azul marino a juego con los zapatos.

—Perdonad el retraso, ¿me he perdido algo? —preguntó mirándome de reojo.

—Nada que tú no sepas. Le he contado a Paola cosas sobre esta ciudad. ¿Estáis preparadas para ir a la embajada francesa?

—Por supuesto —respondió Raquel agarrándose a su brazo derecho y comenzando a caminar hacia la salida del hotel.

—Vamos, Paola, a ver si hay suerte y localizamos a tu novio —comentó Fabrice sonriendo.

Nada más entrar en la embajada francesa Fabrice nos indicó que nos quedáramos junto a la puerta mientras él iba a hablar con la secretaria, pero esta se le adelantó y al vernos se acercó.

—*Bonjour* —nos saludó la señora.

Fabrice comenzó a hablar con ella y no nos tradujo nada hasta que terminó la conversación.

—Por lo visto, el embajador salió ayer de viaje y no llega hasta pasado mañana. Le he pedido el favor de si nos puede dar información sobre un ciudadano francés y me ha dicho que ella no está autorizada para dar datos personales sin la previa autorización del embajador.

—¿Entonces hasta que venga el embajador no podemos averiguar nada? Dile que solamente necesitamos saber si lo conocen y en qué hotel se aloja.

Fabrice enseguida se lo consultó.

—Dice que solo puede atender casos urgentes y para ello tendría que contactar con el embajador y que si vamos a estar varios días por aquí lo mejor es que volvamos pasado mañana y ella nos concertaría una cita. ¿Qué os parece?

—Bueno, aún tenemos la opción del notario y si hablamos con él hoy ya no necesitaremos volver —comenté.

—De acuerdo, se lo diré —dijo Fabrice comenzando a hablar con la secretaria.

Una vez finalizada la conversación la señora le dio una tarjeta y se despidió.

—Me ha dicho que si no logramos localizarlo que volvamos pasado mañana y ella se encargará de hablar personalmente con el embajador. Una mujer muy amable. ¿Tenéis el nombre y la dirección del notario?

—Sí —respondí entregándole un papel donde tenía apuntados los datos del notario.

—Bien, como suponía, la dirección corresponde también al barrio de Le Plateau. Vamos, chicas, a ver si tenemos más suerte con el notario.

Nos subimos en el coche, atravesamos dos amplias avenidas y aparcó el vehículo cerca de una plaza.

—Debe de ser una de esas casas de allí —dijo Fabrice indicando unas bonitas casas de planta baja.

Cruzamos la carretera y llegamos a la oficina del notario.

—Está cerrada, parece que no hay nadie —comentó Raquel.

—Mirad, aquí hay un cartel —les dije señalándolo.

—A ver qué dice... Vaya, hoy no estáis de suerte. Esta notaria se ha cerrado indefinidamente desde hace solo diez días.

—No puede ser —comenté asombrada por la mala suerte que estábamos teniendo.

—No te preocupes, voy a llamar a un amigo para que averigüe qué es lo que le ha pasado.

Fabrice tomó su teléfono móvil y llamó a su amigo.

—Bueno, parece que a este notario le han ofrecido un buen trabajo en Francia y ha regresado a su país, pero mi amigo va a averiguar a qué notario le ha pasado sus asuntos. Mientras esperamos su llamada, ¿qué os parece si damos un paseo por la ciudad?

Estaba bastante confusa, no era lo que yo esperaba. En mi mente me había imaginado diversas situaciones, pero la que más anhelaba y creía que iba a suceder era que en la embajada nos iban a confirmar que conocían a Logan y nos facilitarían su dirección. Por ello me había puesto un bonito vestido blanco estampado y unas sandalias bastante altas, nada adecuadas para pasear por la ciudad. Pero como mujer previsora que soy, también había cogido un sombrero blanco, unas horquillas y unas enormes gafas de sol para no ser reconocida en el caso de que no diésemos con él. Sujeté mi melena con las horquillas formando un moño, me coloqué mi bonito sombrero y seguidamente me puse las gafas que me tapaban media cara. Así me sentía más segura para caminar sin poder ser reconocida.

—¡Vamos, Paola! —me apresuró Fabrice comenzando a andar agarrado por el brazo de Raquel.

Caminaban ligero, yo tenía que ir a dos pasos por detrás y con mucho esfuerzo. Los pies me dolían bastante, pero lo peor era el nudo en el estómago que se me formaba cada vez que pasábamos por delante de un comercio, terraza o sitio público. Pensaba que Logan podía entrar o salir de alguno de estos establecimientos acompañado de sus hijos. Si me lo encontraba, ¿qué le iba a decir? ¿Que lo estaba espiando? Era muy difícil que lo viera, pero cabía esa posibilidad.

—Paola, mira —me dijo Fabrice señalando un rascacielos—. Observa cuántas empresas hay en ese edificio y a continuación bancos, comercios de los caros... A esto me refería cuando te expliqué lo de la gran actividad financiera.

Acelerando el paso me acerqué a Fabrice dispuesta a contarle que, además de carrera universitaria, había realizado un Máster de Creación y Dirección de Empresas, por lo que sabía de sobra lo que significaba una gran actividad financiera; era parte de mi trabajo. Cuando estaba a su lado sentí la mirada de Raquel, la miré y clavó sus oscuros ojos sobre mí como diciendo: «Es mío, ni te acerques a él». No quería causar ningún problema y decidí callarme. No tenía el más mínimo interés en el guía, me parecía un hombre muy simpático, pero para nada era mi tipo. Además, Raquel sabía claramente lo pillada que estaba por Logan. Lo único que quería era que cambiase su opinión sobre mí. No me gustaba que pensara que era tonta y, además, necesitaba charlar y relacionarme con ellos. Por ese motivo habíamos hecho el viaje juntas, para estar acompañadas.

Pasados veinte minutos mis pies ya no podían dar un solo paso más.

—Estoy cansada. ¿Qué tal si nos sentamos un poco? —propuse.

—Paola, ¿cómo se te ha ocurrido ponerte tacones para visitar una ciudad? —preguntó Raquel sonriendo.

—Es verdad, cuando se va a conocer una ciudad se recomienda llevar siempre zapato cómodo —me explicó Fabrice—. Si queréis podemos ir a almorzar a un restaurante de comida francesa que está muy cerca de aquí. Está solo a unos pasos. ¿Podrás llegar, Paola?

—Creo que sí, estoy deseando sentarme, pero, por favor, id más despacio.

El restaurante estaba decorado estilo francés. El ambiente era muy agradable, la mayor parte de las personas que se encontraban comiendo, por su aspecto, debían de ser ejecutivos. Fabrice eligió por nosotras los mejores platos de la carta.

—¿Te está gustando la ciudad, Paola? —me preguntó Fabrice.

—Sí, mucho. Lo que más me ha llamado la atención es la mezcla de ambientes. La arquitectura de la ciudad con sus grandes edificios y avenidas contrasta con la variedad de etnias sociales que pasean por sus calles.

—Pues a mí me ha encantado —dijo Raquel interrumpiéndome—. Me gusta tanto esta ciudad que podría venirme a vivir aquí.

—Fabrice, me gustaría ver algo diferente —continué hablando haciendo caso omiso a las palabras de Raquel—. Lo que hemos conocido hasta el momento es una de las zonas más ricas de la ciudad y, como me explicaste, hay zonas más pobres de estilo africano que me encantaría visitar. Cuando viajo me gusta conocer a fondo la cultura típica de cada país y relacionarme con sus habitantes.

—Sí, hay zonas en la ciudad de estilo africano, pero en los barrios más humildes no deberías relacionarte mucho, puede ser peligroso. ¿Así que has viajado otras veces? Pensaba que era tu primer viaje.

—Si no es el primero será el segundo —comentó Raquel.

—¿Por qué dices eso, Raquel? Sabes de sobra que me encanta viajar—dije enfadada.

—Te podrá gustar mucho viajar, pero desde luego no sabes hacerlo; tus zapatos te delatan. Ninguna mujer con experiencia en viajes se pondría un calzado así —comentó Raquel con sarcasmo.

Estaba empezando a cansarme de los ataques irónicos de Raquel sobre mi persona, estaba a punto de estallar y decirle cuatro cosas, pero me contuve y decidí hablar con ella en privado. El teléfono móvil de Fabrice sonó. Después de mantener una breve conversación nos informó de que su amigo había localizado al notario y que en media hora nos recibiría en su oficina.

—Voy a pedir la cuenta y después iré a por el coche y os vendré a recoger en unos veinte minutos.

El camarero nos trajo la cuenta y Raquel rápidamente la cogió.

—Pago yo —dijo Raquel, sacando su tarjeta y situándola encima de la factura.

—La cuenta la pagamos entre las dos —dije con firmeza.

—Pago yo —repitió Raquel—. A mí me sobra el dinero y a ti, por el contrario, más bien te falta. Tengo mucho dinero, ya lo sabes.

A Fabrice se le iluminó la cara cuando Raquel comentó que era una mujer acaudalada. No tenía ganas de discutir y acepté.

—Bien, pero mañana invito yo —propuse.

—Voy a por al coche y vengo a recogeros.

—Voy contigo —dijo Raquel, levantándose a la vez que él.

Me quedé sola. En mi cabeza todavía rondaban las palabras de Raquel. Parecía como si quisiera desprestigiarme delante del guía. Realmente la estaba empezando a conocer y no quería enfadarme con ella. Le estaba agradecida por ayudarme a encontrar a Logan y, además, había pagado el viaje.

Fabrice era muy amable conmigo e intentaba darme conversación, pero Raquel siempre me interrumpía y él lo tenía que haber notado. Ahora que sabe que Raquel es rica, no creo que vuelva a hablar mucho conmigo. Pienso que es un hombre bueno, pero se nota que le gusta mucho el dinero.

Eran las cuatro en punto de la tarde cuando llegamos a la oficina del notario situada en uno de los edificios altos del barrio de Le Plateau.

—Buenas tardes —nos saludó el notario en español.

—Buenas tardes. ¿Habla usted nuestro idioma? —pregunté algo sorprendida.

—Sí, no tan perfectamente como quisiera, pero me defiendo bien. Me han informado que están buscando a una persona y que puedo tener unos documentos que les ayuden a localizarlo.

—Así es —le dije—. Este verano he estado en contacto con un hombre francés que por determinadas circunstancias se encuentra aquí en Abiyán. Tenía problemas y me mandó un testamento. Esta mañana hemos ido a la oficina del notario que figura en él, pero por lo visto ya no se encuentra en la ciudad.

—Recientemente se ha ido a Francia. Le faltaban pocos años para jubilarse y quería volver a su país. Todos sus asuntos me los ha pasado a mí, aunque todavía no hemos tenido tiempo de organizarlo todo. ¿Tiene una copia del testamento?

—Sí, aquí tiene —respondí sacándola del bolso y entregándosela.

El notario la observó atentamente. Era un hombre atractivo de unos cincuenta años, pelo canoso y ojos azules, pero lo que más me llamaba la atención era su actitud. Había algo en él que me transmitía confianza.

—¿Es usted francés? —le preguntó Raquel intentando llamar su atención.

—Sí, nací en el sur de Francia. El testamento es correcto, puede ser auténtico o no, hoy en día es fácil falsificar los documentos públicos o privados. Para saberlo con certeza tengo que ver el documento original.

—Si el testamento es auténtico, ¿podría decirnos dónde localizar a esta persona? —pregunté con interés.

—Si este documento existe debe de estar en uno de los expedientes del anterior notario junto con todos los datos del cliente, incluida su dirección en Abiyán. ¿Es muy urgente?

—Sí, mi amiga está muy enamorada y quiere conocerlo cuanto antes. Ha venido hasta aquí solo para verlo y yo la he acompañado —respondió Raquel sonriéndole.

No me gustaron las palabras que había utilizado Raquel en su explicación y esta vez no me quedé callada.

—Bueno, realmente a lo que he venido es a averiguar quién es esta persona. La urgencia es debida a que solo voy a estar unos días aquí.

—Bien. Como les he explicado, todavía no hemos tenido tiempo de organizar todos los expedientes, pero me ocuparé personalmente de buscarlo. Les llamaré cuanto antes.

—Le voy a dejar mi número de teléfono por si Fabrice no estuviera disponible —dijo Raquel anotando sus datos en un papel y entregándoselo directamente en su mano.

—Si no le importa, deme su número de teléfono, usted es la interesada —comentó el notario dirigiéndose a mí.

—Sí, es lo lógico —contesté anotándolo rápidamente en una de las hojas de una pequeña libreta que siempre llevaba conmigo.

—En cuanto sepa algo las llamaré. Mientras tanto espero que disfruten de su estancia en Abiyán.

Al salir de la oficina Fabrice nos propuso ir a merendar a una cafetería que estaba de moda. Me dolían bastante los pies y les pedí que me acercaran al hotel.

Nada más entrar en mi habitación me quité los zapatos y sentí un gran alivio. No pensaba ponérmelos más en mucho tiempo. A continuación, tumbé mi cuerpo sobre la cama y me quedé profundamente dormida.

Cuando abrí los ojos eran cerca de las siete de la tarde. Tomé una ducha y después llamé a tía Mati:

—Hola, ¿puedes hablar?

—Hola, Paola. ¿Qué tal te ha ido hoy? ¿Han localizado a Logan en la embajada?

—No hemos tenido suerte. El embajador está de viaje y no llega hasta pasado mañana y el notario que figura en el testamento se encuentra en Francia, pero el que ha tomado sus asuntos va a intentar localizarlo.

—Mientras lo buscan aprovecha para conocer Abiyán. ¿Qué tal está Raquel?

—Puf, insoportable. Está todo el día pegada al guía, no quiere que hable con él e intenta ridiculizarme. No sé qué le pasa conmigo, no tengo ningún interés en Fabrice, solo quiero poder conversar con ellos.

—Seguramente te considera competencia. Querrá ser el centro de atención y no va a permitir que en ningún momento le quites el puesto. Tú eres inteligente y sabrás cómo llevarla.

—No es fácil, me irrita y, he estado a punto de perder la compostura. Estoy quedando como tonta y pobre delante del guía.

—Creo que sois bastantes diferentes, a ti te gusta ser discreta y a ella llamar la atención. Tú eres algo ingenua y ella no. Te aconsejo que mantengas las distancias y solo le plantes cara en el caso de que realmente te pueda hacer daño.

—Gracias, como siempre seguiré tus sabios consejos.

—Paola, necesito que me mandes por mensaje los nombres y apellidos de tus amigos que estuvieron en mi casa de Monte Gordo. La policía científica está tomando huellas y querrán comprobar su identidad.

—No sé sus apellidos. Martín, Tony y Alfred, el alemán. Y, ¿ha ido la policía científica a tu casa por la desaparición de un disco rayado? No lo comprendo, tiene que haber algo más.

—Si han robado el disco puede que hayan sustraído otras cosas. Es solo por precaución.

—Tía Mati, estoy segura de que me ocultas algo y espero que algún día me lo cuentes.

—Envíame también el nombre completo de Logan, en cuanto tenga tiempo quiero buscar datos sobre él.

—De acuerdo. Ahora tengo que colgar, me están llamando —dije despidiéndome y abriendo la llamada entrante.

—Hola, Paola. ¿Has descansado?

—Sí, Raquel. Hasta he dormido un rato.

—Esta noche no voy a poder quedar contigo. Fabrice me ha invitado a cenar. Le gusto mucho, creo que se ha enamorado de mí. Tú, ¿cómo lo ves?

—Bueno, lo poco que he podido observar es que está siempre pendiente de ti —comenté sin querer entrar en más detalles.

—Es un amor, estoy encantada con él, pero no tanto como él conmigo.

—Ya —dije sin más—. ¿Qué vamos a hacer mañana?

—Como hoy me acostaré tarde podríamos quedar sobre las doce de la mañana e ir a visitar algún museo o la zona típica africana que tantas ganas tienes de conocer. Se lo diré a Fabrice para que él lo organice.

—Estupendo, pasadlo bien.

Era extraño, cuando Raquel hablaba conmigo a solas era muy agradable, nada que ver con las cosas que me decía cuando había alguien delante. Esto es lo que yo consideraba una persona falsa.

El teléfono volvió a sonar. Era un número desconocido, con curiosidad rápidamente contesté:

—¿Sí?

—Buenas tardes. ¿Hablo con Paola?

—Sí, soy yo.

—Hola, soy el notario con el que se ha reunido esta tarde.

—Hola, Eric. ¿Ha averiguado ya algo?

—Todavía no. He estado buscando el testamento, pero no lo he encontrado, aunque todavía quedan algunas cajas donde mirar.

—Bueno, tampoco quiero apresurarle y hacerle trabajar mucho.

—Paola, llamo para preguntarle una cosa. Por discreción no quise hacerlo en presencia de su amiga.

—¿Qué quiere saber? —pregunté intrigada.

—Me resulta extraño que dos mujeres vengan desde España a esta ciudad en busca de un hombre del que ignoran dónde vive. ¿Nunca ha visto en persona a ese tal, Logan?

—No. Lo conocí este verano a través de las redes sociales y me pareció un hombre amable y sincero. Solo nos hemos relacionado a través de mensajes. El porqué estoy aquí, es una historia muy larga.

—Entiendo. Yo también conocí a mi exmujer a través de Internet y soy de la opinión que por esos medios se puede encontrar pareja, pero este es un país complicado y quisiera advertirle de algunas cosas, cuando tenga tiempo.

—Precisamente en este momento estoy sola. Mi amiga sale a cenar y no tengo ningún plan.

—Pues si le parece bien, la invito a cenar.

—Estupendo. ¿A qué hora?

—A las nueve de la noche la recojo en su hotel.

—Perfecto. Nos vemos dentro de un rato –dije despidiéndome.

Estaba contenta, el notario trasmitía confianza y parecía que se preocupaba por mí, pero temía poder encontrarme con Logan. Decidí no pensar más en ello, tenía el tiempo justo para cambiarme de ropa. Me pondría un traje mono, pero esta vez zapatos planos.

∞∞∞∞∞∞∞

Eric me llevó a su restaurante favorito de cocina africana situado en el conocido barrio de Cocody.

—Espero que te guste la comida africana –dijo tomando la carta.

—Cuando la pruebe se lo diré —opiné sonriendo.

—Tutéame por favor, esto no es una cita de trabajo. Paola, tú y Raquel, ¿sois muy amigas?

—De pequeña éramos inseparables, pero destinaron a su padre a otra ciudad y dejamos de vernos. Hace unos días nos encontramos por casualidad. Ella fue la que propuso venir a Abiyán a conocer a Logan, incluso me ha invitado al viaje. Lo organizó todo en tan solo dos días y la verdad es que me dejé llevar.

—Una aventura interesante, pero, como te he comentado, quiero advertirte de una serie de cosas.

—¿Sobre el testamento?

—Eso es lo que menos me preocupa. Por mi profesión he visto falsificaciones perfectas de documentos, algunas casi imposibles de apreciar. Lo que me inquieta es vuestra seguridad. Abiyán es una ciudad con una gran actividad económica, financiera y cultural. Costa de Marfil es el primer país a nivel mundial productor y exportador de cacao y de los más importantes de café. Además, es el mayor productor de anacardo y el primer productor africano de caucho. Para que te hagas una idea de su importancia, Abiyán es la capital económica del país, donde se encuentran la mayoría de las sedes de los grandes negocios. En las zonas centrales de la ciudad el ambiente es muy bueno, empresarios, banqueros, ejecutivos, tiendas de lujo... Pero por otro lado, hay mucha desigualdad social. Existe una parte de la población que no cuenta con ningún recurso. Este desequilibrio conlleva a cierta inseguridad ciudadana. Los robos son frecuentes y, además, hay grupos organizados que se dedican a la extorsión. El contraste entre la riqueza y la pobreza es muy evidente. Yo intento ser solidario y colaboro con una fundación que ayuda a los niños más necesitados. A mí me encanta esta ciudad y no he tenido ningún problema, pero dos mujeres solas en busca de un hombre al que no conocen me parece bastante peligroso. No es lo

159

mismo ir a Francia sola a conocer a un hombre que venir aquí. Por lo que has contado, Logan tiene problemas y no sabemos si estará metido en algún asunto turbio. Mi consejo es que cuando consiga su dirección no vayas sola a verlo. Si hace falta, yo te acompañaré.

—Gracias, Eric. Lo tendré en cuenta, pero si estuviera metido en algún lío no me hubiera pedido en dos ocasiones que viniese a Abiyán. Aunque pensándolo bien, hace días que no sé de él y necesitaba urgentemente dinero.

—Ten cuidado y por favor, no vayas sola a verlo. Dime, ¿estás enamorada?

—No lo sabré hasta que lo vea en persona. Desde hace un tiempo me asaltan algunas dudas. Lo que sí estoy es muy apegada e ilusionada. Nunca había tenido una relación virtual, es mi primera experiencia.

—Como te he comentado, también conocí de esa forma a mi exmujer. Es española, siempre me ha gustado España incluso más que Francia.

—Y, ¿cómo llegaste a vivir aquí?

—Mi padre trabajaba en el sector bancario en Francia. Un día le ofrecieron un puesto muy importante en Abiyán y aceptó. Después de cursar mis estudios me vine a trabajar con mi padre en la banca. Desde muy joven yo quería ser notario, así que me preparé para ello a la vez que trabajaba. En mis días de vacaciones siempre iba para España, incluso aprendí español para poder comunicarme con vosotros.

»Cuando comencé a utilizar las páginas de contactos mi preferencia eran mujeres españolas y así conocí a Carla, mi exmujer. Nos casamos en España y se vino a vivir a Abiyán. Nunca logró adaptarse a esta ciudad, pero estábamos tan enamorados que día tras día lo intentaba, hasta que en el año 2011, las olas de violencia pudieron más que nuestro amor.

—¿Qué fue lo que pasó? —pregunté intrigada por conocer más sobre la historia que estaba contando.

—Tras muchos años de crisis política, en octubre de 2010, se convocaron elecciones presidenciales. Los resultados en segunda vuelta dieron como vencedor a Alassane Ouattara, pero el expresidente, Laurent Gbagbo, se resistió a abandonar el poder. Haciendo acusaciones de fraude electoral se aferró al poder a cualquier precio. La comunidad internacional reconoció como vencedor a Ouattara y solicitó a Gbagbo que aceptara los resultados electorales y procediera a una transición pacífica en el poder. La tensión y violencia entre ambos campos fue aumentando hasta que en marzo de 2011 se produjo un enfrentamiento armado. Abiyán se convirtió en un lugar terrorífico. Más de cuatro mil soldados con decenas de carros de combates se asentaron en la ciudad. Todo era un caos. Lo recuerdo como una pesadilla. Carla estaba muy mal, no comía y

161

tenía continuas pesadillas, nunca fue una mujer fuerte, pero en esos momentos todos estábamos muy asustados. En mayo de 2011, Ouattara fue investido presidente y poco a poco todo fue volviendo a la normalidad, pero Carla no estaba bien y regresó a su país. Por mi parte, busqué trabajo de nuevo en el sector bancario en España, pero hasta el momento no lo he conseguido.

—Vaya, qué mal lo debisteis de pasar. Yo me considero una mujer fuerte, aunque estoy segura de que también hubiera regresado a España como Carla. ¿Seguís en contacto?

—Durante el primer año la llamaba todos los días y en vacaciones iba a verla. Pero ella estaba cada vez más distante hasta que un día me pidió el divorcio. Ya no sé nada de ella.

—Si ahora te llamaran para trabajar en España, ¿te irías?

—Lo pensaría. Por un lado, sí. Siempre he sido un enamorado de España y lo haría por tener una nueva experiencia, pero no por volver con Carla, pues el sentimiento entre nosotros ya no existe. Soy feliz viviendo en Abiyán, aquí tengo mi vida, mi trabajo, mis amigos y estoy hecho a esta ciudad.

—¿Tienes hijos, Eric?

—No, no tuvimos. ¿Y, tú?

—No. La mayor parte de mi tiempo lo paso trabajando, además, nunca me he enamorado de tal manera como para querer formar una familia.

—Ya, te entiendo. Paola, ¿te apetece tomar una copa? Aquí cerca hay un bar con un ambiente muy bueno que te va a encantar. Me siento bien contigo, eres el tipo de mujer con la que uno se siente tranquilo y puede hablar, no como tu amiga.

—¿Qué has notado en Raquel? —le pregunté con curiosidad.

—Pues que es una mujer que quiere llamar la atención. Es guapa y sabe como seducir a los hombres. No me gusta ese tipo de mujeres, no me fío de ellas.

—¿Por qué? —pregunté impulsivamente.

—Porque suelen ser encantadoras, muy habladoras, risueñas y dispuestas a conseguir todo lo que se propongan. Hasta ahí, bien. El problema está en que quieren ser siempre el centro de atención y son capaces de mentir o ridiculizar a alguien como vean que peligra su trono y, como les lleves la contraria en algún momento, tienen la habilidad de herir con sus palabras. Saben sacar lo peor de las personas e incluso hacer daño con tal de quedar por encima. Después, cuando se les pasa el enfado o han conseguido su objetivo, vuelven a ser las personas más encantadoras del mundo. A estas mujeres las catalogo en el grupo de destructivas.

—Veo que conoces bien a las mujeres y además las tienes catalogadas.

—Sí, y a los hombres también. No pienses que soy raro, es algo que llevo haciendo desde hace mucho tiempo. De pequeño era tímido y algo introvertido. En vez de conversar me gustaba observar a las personas. Con el tiempo cambié. Me volví un joven sociable, pero continué analizando. Esa capacidad la fui desarrollando y ahora soy capaz de captar a una persona en pocos minutos. El catalogarlas lo hago por diversión, yo también me he incluido en un grupo.

—¿Y en qué grupo estás? — le pregunté interesada por saber cómo se definía.

—Eso ahora no te lo voy a contar, quizá otro día.

—¿Ya me has analizado?

—Desde que te vi esta tarde en mi oficina, pero no te lo voy a contar.

—Anda, por favor, dímelo, estoy intrigadísima –le pedí sonriendo.

—Está bien, te lo contaré si nos tomamos una copa, ¿te apetece?

—Sí, pero con la condición que me cuentes también en qué grupo estás tú.

Llegué al hotel pasadas las dos de la madrugada. Estaba cansada, pero lo había pasado muy bien. Eric además de ser un hombre inteligente y muy buen conversador, era original y divertido.

Entre sueños, pensé que era la segunda noche que dormía en Abiyán y todavía no había localizado a Logan, pero algo en mi interior me decía que muy pronto lo iba a ver.

XXI. INCERTIDUMBRE

14 de septiembre de 2015

Era un día de color azul. A través de la ventana se podían contemplar unas bonitas vistas panorámicas de la ciudad y me pregunté en qué lugar se encontraría en estos momentos Logan. Podría estar en uno de los rascacielos con vistas a la laguna, paseando por la calle, o quizá en una cafetería. Las posibilidades de encontrármelo en la calle eran mínimas, ya que Abiyán es una gran ciudad, pero, por si acaso, pensaba arreglarme de tal manera que no me pudiera reconocer.

Detenidamente, observé mi vestuario y elegí unos pantalones color caqui y una blusa larga del mismo tono. Casi todos los zapatos que había traído eran planos y escogí unos beige bastante desgastados por el uso que resultaban muy cómodos. Lo más importante para no ser reconocida era el sombrero. Los utilizaba tanto en verano como en invierno. Elegí la pamela beige.

Aunque no era muy apropiada para ir de excursión, me cubriría parte de la cara y me sentiría más segura.

A las doce en punto de la mañana bajé a recepción. Raquel ya estaba allí.

—Hola, Paola. ¿Alguna noticia de Logan?

—Por ahora no. Ayer estuve cenando con el notario y me explicó que todavía le quedaban unas cajas en las que buscar el testamento.

—¿Cenaste con él? ¿Lo llamaste?

—Me llamó él. Quería hablar de unas cosas conmigo.

—Vaya con el notario... No pierde el tiempo. Seguro que antes que a ti me llamó a mí y como no le cogí el teléfono te llamó a ti como segunda opción.

—¿Por qué piensas eso, Raquel? Mejor no me lo digas... Cambiando de tema, ¿qué tal fue tu cena con Fabrice?

—Fenomenal, después de cenar me llevó a varios bares de copas. En esta ciudad hay una variada vida nocturna. Cada vez me gusta más Abiyán y Fabrice está loquito por mí.

—Pues ahí lo tienes —le indiqué al verlo entrar en el hotel.

—¡Hola, cariño! —le saludó Raquel dándole un abrazo y un beso en los labios.

En ese momento me di cuenta de que ya había surgido algo entre ellos.

—¿Estáis preparadas para hacer turismo por la ciudad?

—Sí, sobre todo tengo ganas de conocer el mercado africano —comenté.

—Veo que por fin te has puesto un calzado adecuado. Menos mal, chica… —comentó Raquel observando mis pies.

—Venga, señoritas, vamos al coche. Os voy a enseñar algunos sitios típicos de la ciudad.

El primer lugar que visitamos fue la Catedral de San Pablo y a continuación fuimos a La Pirámide. Raquel y Fabrice caminaban cogidos de la mano, se miraban y sonreían. Iban a su aire, ni me hablaban ni me miraban, era como si yo no fuera con ellos. Cada vez que intentaba entablar conversación con ellos preguntándoles algo sobre la ciudad, se abrazan y me ignoraban. Realmente, estaba sola y la sensación de sentirme sola estando acompañada era mucho peor que la soledad por elección. Así que decidí ir por mi cuenta, aunque siempre cerca de ellos. Sin decirme nada entraron en una cafetería y los seguí. Raquel le pidió a Fabrice que la acompañara al aseo y aproveché para sentarme en una mesa a tomar un refresco. Con sorpresa observé cómo Fabrice, sonriendo, se acercaba hacia mí.

—Paola, sé que no te estoy prestando mucha atención, pero es que tu amiga Raquel se ha enamorado locamente de mí y no le gusta que hable contigo; es muy celosa. Soy guía turístico y en mi trabajo siempre estoy pendiente de todas las personas del grupo, esto no es habitual en mí y para compensarte vamos a ir al mercado de Treichville, donde hay una gran variedad de artesanía africana, ya verás, te va a encantar. Ahora me voy corriendo a la puerta del aseo, no vaya a salir Raquel y no me encuentre allí.

—De acuerdo, gracias por darme una explicación —le dije sin más.

Por lo menos había tenido el detalle de conversar conmigo. Como había intuido, desde que descubrió que Raquel era rica dejaría de hablarme para no molestarla.

Al salir del aseo Raquel pasó por mi lado y casi sin mirarme y en tono autoritario me dijo:

—Venga, Paola, acaba ya tu bebida que nos vamos al mercado africano que tantas ganas tienes de conocer.

Sin que Raquel se diera cuenta, Fabrice, sonriendo, me guiñó un ojo.

La primera sensación que tuve al llegar al mercado de Treichville fue visual, color, mucho colorido. Observé que se trataba de un gran mercado en la calle. Raquel y Fabrice, como siempre, caminaban cogidos de la mano y yo les seguía de cerca. Había muchas cosas típicas africanas para comprar, estatuas de madera, objetos de cerámica, máscaras africanas, telas pintadas a mano... Conforme nos adentrábamos, la sensación de color se mezcló con la de olor, frutas, verduras, especias, etc. Tenía ganas de comprar algo como recuerdo, pero no me atrevía a perder a la parejita de vista.

La claridad del día cambió debido a que el cielo se cubrió de nubes. Hacía bochorno y unido a la mezcla de olores me sentí algo fatigada. Necesitaba sentarme un rato. En ese momento Raquel estaba comprando unos collares y aprovechando la coyuntura me acerqué y les dije que me iba a sentar un poco, que continuaran ellos la visita por el mercado y en unos minutos los alcanzaría.

Me senté sobre una piedra, respiré hondo y me quité la pamela y las enormes gafas de sol. Cogí la botella de agua que llevaba en el bolso y me refresqué el cuello. Me quedé observando a Raquel y a Fabrice, se abrazaban y se besaban sin parar. Eran tal para cual. Ella me había dicho que Fabrice estaba loco por ella y él que ella estaba locamente enamorada de él. Pensé que los dos eran bastante engreídos. Raquel debía ser una persona con suerte, pues conseguía todo lo que se proponía. Había logrado que precipitadamente viajara con ella, pidió un guía atractivo, y apareció Fabrice. Estoy segura de que también se había propuesto tener un romance en África y me preguntaba cuál sería su siguiente objetivo. Recordé la opinión que Eric tenía sobre ella y, realmente, llevaba razón.

Observé cómo se alejaban caminando lentamente, pero mi cuerpo necesitaba descansar un poco más. Hacía calor y saqué el abanico del bolso. De pronto, tres niños de unos diez a doce años se acercaron y comenzaron a hablar conmigo. No entendía nada de lo que me decían y se me ocurrió abrir el traductor a ver si detectaba el idioma, pero no lo reconoció. Parecían muy simpáticos, me hablaban y se reían, me daba lástima no poder comunicarme con ellos y saber qué es lo que querían. Pensé que a lo mejor lo que les llamaba la atención era el abanico y comencé a abanicarme con fuerza, riéndome con ellos. Lo guardé para comprobar si se reían y hablaban por ello, pero no fue así. Continuaban charlando, mirándome y riendo. Saqué unas monedas del bolso, quizá me estuvieran pidiendo dinero. Les di una a cada uno, pero no se marcharon. Allí seguían los tres observándome fijamente.

—¿Pero qué es lo que queréis de mí? Me encantaría poder comunicarme con vosotros, pero no os entiendo. ¿En qué idioma habláis? Francés no es —les dije sabiendo que no iba a obtener respuesta.

—Hablan dioula, un dialecto —me explicó un chico de unos catorce años de aspecto europeo acercándose a mí.

—¡Hablas mi idioma! No sabes cómo me alegro. ¿Me podrías aclarar qué es lo que están diciendo estos niños?

—Sí, señora. Estos niños la han reconocido, dicen que usted es la novia de Roi.

—No te comprendo. ¿Quieres decir que me parezco a alguien de la televisión?

—No, señora. Se parece a la novia española de Roi. Hemos visto una foto.

—Chico, ¿cómo te llamas?

—Mi nombre es Enam.

—Bien, Enam, no te entiendo. ¿Te importaría explicármelo mejor? ¿Quién es Roi?

Los niños seguían allí mirándome y riéndose. Enam les formuló unas palabras y se marcharon.

—Sí, señora. Se lo explicaré más despacio. Hay un hombre al que llaman Roi que presume de tener muchas novias. Hace unos días nos enseñó la foto de su novia española y era usted. Antes la vi con dos amigos, pero llevaba un gran sombrero y no la reconocí. Ahora que la veo sin gafas y sin sombrero sé que es usted.

—Enam, yo no conozco a ningún Roi, será alguna chica que se parezca a mí y os habéis confundido. A ver, la mujer de la foto, ¿cómo iba vestida?

—Llevaba un traje de color rosa. Es usted, he visto la foto hace unos días.

El corazón se me paró. Efectivamente, en una de las fotos que le había mandado a Logan llevaba puesto un traje rosa.

—¿Se encuentra bien, señora?

—Sí —respondí intentando poner orden a todo lo que en aquel momento se me pasaba por la cabeza. Dime, Enam, ¿ese tal Roi dice que soy su novia?

—Sí, él presume de tener muchas.

—¿Y has visto fotos de otras novias?

—No. Es la única que ha enseñado. Roi dice que usted está muy enamorada de él y que pronto se iban a ver. Yo sé dónde se encuentra ahora, si quiere la llevo hasta él.

—No conozco a ningún Roi. Debe de haber alguna confusión.

—No es su verdadero nombre, todos le llaman así.

—¿Y de dónde es?

—Él es francés.

Las piernas me temblaban, pero hice un esfuerzo y me levanté. Sin pensarlo dos veces y guiada por la curiosidad le pedí al chico que me llevara hasta el tal Roi.

Me coloqué de nuevo la pamela y las gafas de sol y lo seguí.

—Está muy cerca de aquí. Llegaremos enseguida, señora.

Después de atravesar una calle llegamos a una zona más tranquila del mercado donde había una especie de bar a pie de calle.

—Ahí está, señora —dijo Enam señalando a un grupo de personas que estaban sentadas en una mesa. ¿Quiere que vayamos a verlo?

—No —respondí con firmeza.

Nos encontrábamos a unos treinta metros de distancia. Observé que en la mesa había sentado un hombre europeo y dos mujeres africanas. El hombre estaba de espaldas a mí, lo único que podía observar era su pelo de color castaño oscuro y que tenía unos brazos muy musculosos, como Logan. Una mujer muy atractiva se le acercó, le acarició el pelo y se sentó sobre sus piernas. Estaba mareada, confusa, quería irme de allí y le pedí a Enam que me llevara al sitio donde me había encontrado.

—¿Está bien, señora? ¿No quiere ver a su novio?

—No. Ese no puede ser mi novio, debe de haber alguna equivocación. Vámonos de aquí.

En mi cabeza intentaba cuadrar lo que me estaba ocurriendo, pero mi autoprotección me hacía creer que esta historia no me estaba pasando a mí, era como si fuese algo que me estuviesen contando de otra persona. Por unos momentos me había olvidado de Raquel, tenía que llamarla. Al coger el teléfono móvil observé que tenía una llamada perdida de ella. Rápidamente la llamé.

—¿Dónde estás, Paola? Te he llamado, pero no me has contestado.

—Ya te contaré. Creo que he descubierto algo sobre Logan, aunque no estoy segura. ¿Dónde estáis?

—De camino al hotel. Han llamado a Fabrice y tiene que ir urgentemente a la oficina.

—¿Me habéis dejado sola? Bueno, da igual. Espérame en el hotel, quiero hablar contigo.

—Está bien, te espero en el restaurante y almorzamos juntas.

—Enam, ¿sabes dónde hay taxis?

—Sí, señora. Yo sé dónde hay taxis naranjas, son más caros, pero le llevarán directamente al hotel.

—Muchas gracias. Eres un chico muy bueno y te recompensaré por todo lo que me estás ayudando. ¿Cómo es que hablas tan bien el español?

Mientras caminábamos en busca de un taxi, Enam habló de su familia.

—Mi madre me enseñó a hablar este idioma, es una mujer muy lista. Nació aquí, en Abiyán. Hace muchos años trabajaba en una librería y conoció a un hombre español que se enamoró de ella, pero mi madre estaba enamorada de un hombre de aquí que no la quería. Era muy guapo y tenía muchas novias. Sin embargo, el hombre español, era muy bueno, le hacía muchos regalos, la trataba muy bien y consiguió que fuera su novia y se fuese a vivir con él. Al cabo de un tiempo, el hombre español tuvo que regresar a su país, su trabajo aquí había terminado y le pidió a mi madre que se casara con él y se fuera a vivir a España. Cuando Kito, el abiyanés del que ella estaba enamorada, se enteró, le pidió que no se marchara y que se casara con él. Entonces mi madre dejó al español para casarse con Kito. Pero no fue así. Él no la amaba, pero tampoco quería perder a una de sus enamoradas. No era un hombre bueno y la dejó sola. Ella estaba embarazada y cuando dio a luz un niño blanco, todos la repudiaron. Mi padre es el hombre español.

—Dime, Enam. ¿Sabe tu padre que eres su hijo?

—No, mi madre nunca se lo contó. Ella lo había dejado plantado por otro hombre y no se atrevió a decírselo. Nunca más supo de él. Tuvo que dejar el trabajo para cuidarme, ahora somos muy pobres. Ella me ha enseñado todo lo que yo sé, aunque aquí la costumbre es que debe ser un hombre el que enseñe a otro varón, pero ella sabe más que cualquiera de los de aquí. Mire, señora, ahí hay un taxi.

La historia que me había contado Enam hizo que por unos minutos me olvidara del tal, Roi, pero cuando me iba a subir en el taxi lo recordé y volví a sentirme mal.

—Enam, te voy a pedir un pequeño favor. Dile a los niños que se acercaron a hablar conmigo que yo no soy la novia de Roi, que no soy española, sino italiana y que aunque me parezca mucho a la mujer de la foto, no soy yo.

—Sí, señora. No se preocupe, diré que no es usted.

Le pregunté al taxista cuánto costaba el trayecto. Guardé el dinero para el taxi y el resto que llevaba en el monedero se lo di al chico.

—Enam, este dinero es para que compres comida para ti y tu madre. Quiero que guardes algo para que vengas a visitarme al hotel. Si puedes, infórmate del verdadero nombre de Roi y algo sobre su vida y ven a verme —le dije anotando los datos—. Aunque no logres saber nada de él quiero que vengas, voy a intentar ayudarte. Eres un chico muy listo y me gustaría poder hacer algo por ti.

—Entonces, ¿eres mi amiga?

—Claro que sí, Enam. Ahora tienes una nueva amiga —afirmé subiéndome al taxi.

—Adiós, amiga. Eres muy buena, te iré a ver al hotel.

Nada más llegar me dirigí al restaurante. Raquel estaba sentada en una mesa.

—Hola, Raquel. No te puedes imaginar lo que me ha pasado —comenté nada más verla.

—Acabo de pedir al camarero que me traigan la comida, pide lo que te apetezca y luego me lo cuentas. Tengo mucho apetito.

Eché un vistazo rápido a la carta y me decanté por una ensalada, tenía el estómago cerrado.

—Cuando me senté un rato a descansar en el mercado conocí a un chico que me explicó que había visto una fotografía en la que aparecía con un vestido rosa como el que llevaba puesto en una de las fotos que le envié a Logan.

—Qué extraño, aunque puede ser que lo único que quisiera fuera sacarte dinero —opinó Raquel.

—El niño me dijo que yo era la novia de un tal, Roi, un hombre que presume de tener muchas novias. Me llevó a verlo y solo pude observarlo de espaldas, pero el estilo era similar al de Logan. No quise saber más y vine para el hotel.

—Yo en tu lugar me hubiera plantado delante de su cara para comprobar si realmente era él. Ahora te queda la duda de saber si es o no tu Logan.

—Me encuentro fatal, no entiendo nada. Ese hombre está enseñando mi foto a todos sus amigos y presumiendo de que estoy muy enamorada de él. Me siento tonta, ridícula. No puedo creer que el Logan que yo conozco haga una cosa así, no me cuadra —dije con lágrimas en los ojos.

—Tranquilízate, Paola. Ahora mismo voy a llamar a Fabrice para ver si puede averiguar quién es ese tal Roi.

Raquel le explicó lo que me había sucedido y le pidió que indagara sobre ese hombre.

—Esta tarde va a ir al mercado e intentará averiguarlo. Dice que Roi puede ser un apodo, pues significa rey en francés.

—Gracias, Raquel. Voy a subir a la habitación, tengo unas ganas tremendas de llorar. Por favor, avísame cuando tengas alguna noticia y esta vez pago yo.

—De acuerdo.

Como siempre, Raquel cuando estaba conmigo a solas era agradable y en todo lo referente a Logan siempre intentaba ayudar, lo que compensaba los malos ratos que hasta ahora me había hecho pasar.

Me tumbé en la cama y lloré. No podía creer que fuera un hombre mujeriego y, si era así, había mentido con todas sus bonitas palabras sobre la fidelidad, el amor único y la confianza. Esa forma suya de pensar fue lo que hizo que llegara hasta mi corazón y ahora todo podía ser mentira. No tenía ganas de hacer nada, solo quería seguir tumbada, que pasaran rápido las horas hasta que Fabrice nos diera alguna noticia sobre Roi.

El teléfono sonó, era Eric. No quería hablar con él ni con nadie, pero tenía que contestar, aunque no pensaba contarle nada de lo ocurrido.

—Hola, Eric. ¿Cómo estás?

—Hola, Paola. Muy bien, llevo todo el día buscando el testamento y no lo he encontrado. Reconozco que la última caja la he mirado demasiado deprisa y se me ha podido escapar algún expediente así que le he encargado a uno de mis empleados que lo revise todo de nuevo. Siento no poder darte todavía la información que necesitas y te recomiendo que mañana vayáis a la embajada, quizá ellos sean más rápidos.

—Gracias por tu apoyo. Eric, me contaste que colaborabas con una fundación para niños. Hoy he conocido a un chico al que me gustaría ayudar, es muy bueno y listo, pero muy pobre. ¿Podrías hacer algo por él?

—Veo que te interesas por los niños, eso está bien. Hablaré con la fundación y te informaré, espero que por lo menos en esto pueda ser más útil. Paola, hoy tengo mucho trabajo y estoy cansado, pero me encantaría cenar otra vez contigo, si tú quieres.

—Yo también estoy cansada. Otro día que nos venga bien a los dos salimos a cenar.

—Si necesitas alguna cosa no dudes en llamarme —dijo despidiéndose.

Me gustaba hablar con Eric, era un hombre que transmitía seguridad y confianza, algo que en estos momentos me venía muy bien. Estaba más animada, decidí levantarme de la cama y tomar una ducha relajante. Después de ponerme cómoda, seguiría escribiendo mis anotaciones sobre este viaje y mis pensamientos sobre mi mundo con Logan, en cierta forma, me resultaba terapéutico.

Eran las ocho de la tarde cuando recibí una llamada de Raquel.

—¿Alguna noticia?

—Sí. Fabrice está en el *hall* del hotel y quiere que bajemos. Tiene noticias y parece que son buenas.

—En cinco minutos estoy allí.

Rápidamente colgué el teléfono y me puse unos zapatos. Estaba nerviosa, ni siquiera me había peinado, pero daba igual. Lo único que quería era salir de dudas.

Fabrice y Raquel estaban sentados en uno de los sofás del *hall*.

—Hola, Paola, siéntate, tengo algo que contarte —me dijo Fabrice sonriendo.

Rápidamente me senté en la esquina opuesta a ellos.

—Esta tarde he ido al mercado de Treichville y a través de unos contactos he localizado a Roi. Efectivamente, tiene tu foto, pero no es de él. Me contó que un día cuando se encontraba tomando un café en una cafetería de Le Plateau se le acercó un hombre francés con un niño y una niña. El francés le dijo que tenía problemas económicos y que una persona le había hablado de él para que lo ayudara. Roi, por lo que me han comentado, es un hombre que tiene negocios clandestinos, pero no presta dinero, así que le dijo que él no podía ayudarle y le facilitó el teléfono de un prestamista. Por lo visto el francés se encontraba muy mal y le contó cosas de su vida, entre ellas, le habló de su novia española a la cuál vería muy pronto si conseguía el dinero a través del prestamista. Hasta le enseñó una foto de ella. Un amigo de Roi se sentó con ellos y el francés se fue con sus hijos.

—¿Y por qué tiene Roi mi foto? —pregunté con interés.

—Se la encontró en el suelo. Se le caería al guardarla y Roi la cogió. Me ha prometido que no la va a enseñar más. Roi es un hombre al que le gusta presumir de que tiene muchas mujeres y aprovechó la foto para alardear de novia española. Tema solucionado.

—Gracias, Fabrice. No sabes lo tranquila que me quedo. ¿Le preguntaste si sabía cómo localizar a Logan?

—Sí, pero no sabe dónde puede estar. Le pedí el teléfono del prestamista, pero no me lo quiso dar.

—Bueno, por lo menos ahora sé que Roi no es Logan.

—Menos mal, si llega a ser él hubieras quedado en ridículo —comentó Raquel—. Paola, mañana por la mañana Fabrice y yo nos vamos de excursión al Parque Nacional de Comoé. Como ya te dije antes de emprender este viaje, además de venir a buscar a tu novio también quería conocer algo más del país. Me ha recomendado este lugar, tengo muchas ganas de ver los típicos elefantes africanos. Ya lo tenemos todo organizado. A primera hora de la mañana, Fabrice irá a solicitar información sobre Logan a la embajada francesa. Luego vendrá a informarnos y a las once nos vamos en avión a la ciudad de Bouna. Allí alquilaremos un Jeep para visitar el parque. En principio solo estaremos dos días. ¿No te parece una aventura de lo más emocionante?

—Pensaba que íbamos a viajar juntas —dije sorprendida por la noticia.

—Las cosas han cambiado y comprenderás que ya estamos cansados de buscar a tu novio, es un fastidio, quiero divertirme.

—Bien, mañana nos vemos. Gracias por toda vuestra ayuda. En ningún caso quiero ser una carga para vosotros —les dije despidiéndome de ellos.

Podía entender que estar buscando a Logan fuese pesado, pero Raquel no había dejado de salir y hacer su vida en un solo momento como para que le resultara tan fastidioso. El caso era que iba a estar dos días sola y no sabía cómo me las iba a arreglar, pero me sentía optimista. Logan no era Roi y todo volvía a ser de nuevo real. Aunque en mi cabeza la confusión seguía reinando.

XXII. EL ENCUENTRO

15 de septiembre de 2015

A las nueve y cuarto de la mañana llamó Raquel para despedirse. Me explicó que Fabrice había estado en la embajada, pero no le habían podido atender. La secretaria le había asegurado que mañana a cualquier hora me recibirían personalmente.

Aunque estaba sola sentía una gran tranquilad, quizá fuera debido a que iba a dejar de tener la sensación de ser ignorada durante dos días. Mi cabeza continuaba confusa y mi corazón necesitaba verlo. Pensé que era un buen momento para escribir a Logan y decirle que estaba aquí.

Hoy también era un día azul y tenía ganas de hacer muchas cosas: visitar algún museo, ir de compras, pasear por la ciudad. De repente escuché el sonido de notificación de Messenger. Por unos momentos me quedé parada. Logan era el único que me mandaba mensajes a través de esta aplicación. Tomé el móvil y al abrirlo, un escalofrío recorrió todo mi cuerpo, era él:

—*Hola, mi amor. ¿Cómo estás?*

—*Hola, Logan. Me alegro de saber de ti, no te vas a creer dónde estoy en este momento. ¿Cómo estás? He estado muy preocupada por ti* —contesté rápidamente.

—*Me encuentro bien. Ya no nos alojamos en el hotel. Hace unos días nos fuimos a casa de una amiga de mi madre y allí no hay conexión a Internet. Además, he estado muy ocupado intentando arreglar el asunto del testamento.*

—*¿Has solucionado algo?*

—*Sí, mi amor. Me van a prestar el dinero y muy pronto iré con los niños a verte.*

—*Logan, estoy en Abiyán.*

—*¿Estás aquí? ¿Cuándo has llegado? ¿Es verdad o me estás engañando?*

—*Es cierto, llegué ayer* —le contesté mintiendo sobre mi llegada para no tener que darle muchas explicaciones.

—*Mi amor, ¿por qué no me has avisado?*

—*Porque quería darte una sorpresa. Pensaba ir a la embajada francesa para que me dieran el nombre de tu hotel e ir a verte a ti y a tus hijos.*

—*Eres la mejor mujer del mundo. Por fin nos vamos a ver, me siento feliz. ¿Has venido para ayudarme?*

—Estoy aquí porque quiero conocerte y también para ayudarte, pero emocionalmente, ya sabes que económicamente no puedo.

—Gracias, mi amor. Ya no necesito dinero, me lo van a prestar.

—¿Has conseguido solventar el problema del testamento?

—Lo voy a arreglar muy pronto y lo primero que pensaba hacer es ir a España a verte y ahora, tú estás aquí. Soy muy feliz, pero hasta que no te vea no me lo puedo creer.

—Y, ¿te lo va a solucionar el notario de tu madre? —pregunté para saber si decía la verdad.

—No. Ahora estoy en tratos con el abogado del hombre que me va a prestar el dinero. Mi amor, quiero verte.

—Yo también, cuanto antes.

—Tengo que hacer unas gestiones. Dame el nombre de tu hotel y a las ocho de la tarde iré a verte con mis hijos, si es que la pequeña Alice se encuentra mejor.

—¿Está enferma?

—Sí, ella es una niña de salud delicada. Si mejora iré con los niños, si no iré solo a verte.

—Logan, cuando nos encontremos, ¿cómo nos vamos a comunicar?

—No te preocupes, ya te comenté que he aprendido algo de español.

—*Estoy deseando conocerte, mi amor. A las ocho en punto te estaré esperando en el hall.*

Era curioso, siempre que leía sus mensajes era como si me estuviera hablando suavemente al oído, incluso le había puesto un tono de voz. Mi corazón latía con fuerza, estaba feliz. Por fin lo iba a conocer.

Con cara de felicidad salí a dar un paseo. Ahora Abiyán me parecía más bonita que antes. Caminaba como si estuviera flotando. Logan tenía la virtud de hacerme ver que todo era real y disipar las dudas que continuamente venían a mi mente sobre él.

Después de almorzar en un restaurante del barrio de Le Plateau fui paseando hacia el hotel. Quería descansar un rato para estar lo más agraciada posible para cuando me viera Logan por primera vez.

A las siete de la tarde me llamó Raquel:

—Hola, Paola ¿Cómo estás? ¿Alguna noticia de tu francés?

—Sí, hoy he recibido un mensaje suyo. Dentro de un rato nos vamos a conocer.

—Pero ¡eso es estupendo! A mi vuelta me lo tienes que contar todo. ¡Estarás feliz!

—Sí que lo estoy. Y tú, ¿cómo lo estás pasando?

—Fenomenal, esto es increíble. ¡Ya he visto elefantes! Bueno, y búfalos, leones, panteras... Hoy ha sido una visita rápida pues ya era tarde. Mañana volveremos otra vez. ¡Qué paisajes, qué vegetación! Es una maravilla, chica.

—Me alegro que te esté gustando tanto, ya me enseñarás las fotos. Ahora te tengo que dejar. He quedado a las ocho con él y quiero ponerme guapa.

—Genial, ya te llamo mañana.

Raquel cuando quería era encantadora, pero ya no confiaba en ella. Presentía que en cualquier momento volvería a intentar ridiculizarme o hacerme daño con sus palabras.

No sabía si ponerme un traje blanco largo que me favorecía bastante o uno negro más arreglado y llamativo. Después de probarme cada uno dos o tres veces, elegí el blanco y las sandalias de tacón alto.

A las ocho menos cuarto bajé al *hall* del hotel. Me senté en un sofá situado en el lado derecho donde podía observar a todo el que entraba sin ser vista. Estaba muy nerviosa, no sabía cómo iba a reaccionar Logan al verme. En las fotos que le había mandado aparecía bastante atractiva, pero no sabía si cuando me viera en persona le gustaría. Abrí la galería de mi móvil y miré sus fotos. En la primera no lo encontraba tan atractivo como en la siguiente foto que me envió con sus hijos. En la última estaba guapísimo, se notaba que estaban hechas en distintas épocas del año.

Las ocho en punto. El corazón me latía de tal manera que hasta el recepcionista del hotel lo podía escuchar. Un hombre

188

entró en el hotel; de unos metro ochenta de altura, complexión fuerte, brazos musculosos, cuello ancho. Tenía que ser él. Al mirar su rostro me dio la impresión de ser más joven que en las fotos. El tono de su piel más claro, los ojos más pequeños, pero su nariz era la misma. Se parecía más al hombre de la primera imagen, era atractivo, pero no tanto como aparecía en la foto con sus hijos. En conjunto, estaba bastante bien. Vestía pantalón vaquero y camisa azul.

Observé cómo se paraba en el centro del *hall* buscando a alguien hasta que me localizó. En ese momento mis piernas comenzaron a temblar, veía cómo caminaba hacia mí, pero me resultaba imposible moverme. Por suerte, esa sensación solo duró unos segundos y, levantándome del sofá, me acerqué hasta él y tiernamente me abrazó.

—Hola, mi amor, eres más hermosa que en las fotos.

—Hola, Logan. Estoy muy feliz de verte —dije con timidez.

—¿Te apetece cenar? Podemos ir a un restaurante que está cerca del hotel.

—Como quieras, Logan —respondí sonriendo.

Salimos del hotel y, cogidos de la mano, comenzamos a caminar. Nos mirábamos y sonreíamos. No me atrevía a preguntarle nada porque pensaba que no me iba a entender. Ya cuando estuviéramos sentados en el restaurante abriría mi fantástico traductor. Después de atravesar dos calles llegamos al restaurante. No había muchas personas cenando y nos resultó fácil elegir una mesa.

—Soy feliz, mi amor —dijo besándome la mano.

—Yo también, mi amor. Por cierto, ¿cómo está tu hija?

—No se encuentra bien y pensé que es mejor no fatigarla. Paola, ¿has venido sola a Abiyán?

Rápidamente cogí mi móvil, abrí el traductor y brevemente le expliqué cómo había decidido venir hasta aquí acompañada de Raquel.

La mayor parte del tiempo lo pasamos sin hablar. Nos mirábamos a los ojos y nos quedábamos embobados durante varios minutos una y otra vez. No me apetecía preguntarle sobre mis dudas ni sobre sus problemas. Solo quería sentir la felicidad que me provocaba el estar cerca de él.

Después de cenar me acompañó hasta la puerta del hotel y me preguntó si podía subir un rato a mi habitación, no quería separarse todavía de mí. Encantada, le cogí de la mano y entramos.

Una vez en mi habitación me pidió que le dejara un momento mi teléfono móvil. No entendía para qué lo quería, pero enseguida se lo entregué. Con curiosidad, observé cómo buscaba algo en Google. Para mi sorpresa, comenzó a sonar la canción, «You Are So Beautiful», de Joe Cocker.

Con ternura, me abrazó y comenzamos a bailar al compás de la música. Hacía años que no bailaba lento. En ese momento la habitación me parecía el paraíso, un lugar de ensueño donde solo estábamos Logan y yo. Sin esperarlo me besó suavemente y me dejé llevar por la magia de ese instante.

El teléfono de Logan comenzó a sonar.

—Tengo que contestar, puede ser importante —dijo con su extraño acento español, soltándome de entre sus brazos para responder la inoportuna llamada.

Comenzó a hablar en francés y por el tono de su voz me daba la impresión de que estaba discutiendo.

—Disculpa, Paola, voy a salir de la habitación para continuar la conversación.

Sonriendo, asentí. De repente, mi teléfono sonó. Era una llamada de tía Mati.

—Hola, ahora no puedo hablar, estoy con Logan.

—¿Con Logan? No puede ser.

—Sí, estoy con él en mi habitación. Mañana te lo explico.

—¿Está ahora contigo?

—Ha salido un momento para atender una llamada.

—Paola, escúchame solo unos segundos. He estado buscando en Google datos sobre Logan y, tal como me contaste, aparece un propietario de una galería de arte con su mismo nombre, pero curioseando las siguientes páginas he visto un pequeño artículo de prensa en el que indica que el propietario de las galerías esta misma mañana ha presentado una exposición de una colección de cuadros de un joven pintor francés. Si esta mañana estaba en Montpellier, ¿cómo puede estar ahora en Abiyán contigo?

—Debe haber una confusión. Quizá algún amigo la haya presentado en su nombre.

—Ya eres mayorcita para que te diga esto, pero ten cuidado con lo que haces. Yo en tu lugar pondría la excusa de que no te encuentras bien hasta que averigüemos quién ha presentado realmente la exposición. No quiero agobiarte, pero sé prudente como siempre lo has sido.

—Ahora no puedo hablar, tengo que colgar. Logan está llamando a la puerta.

Durante unos segundos las dudas regresaron a mi mente, pero mi corazón estaba demasiado lleno de amor como para escuchar a mi cabeza.

Abrí la puerta y me abrazó.

—¿Algún problema?

—No te preocupes, mi amor. Contratiempos con el testamento, pero todo va a ir bien.

Las palabras de tía Mati se colaron en mi cabeza. Sentí como un ligero mareo y me tuve que tumbar en la cama.

—¿Estás bien, mi amor? —preguntó tumbándose a mi lado.

—Solo es un pequeño mareo. Debe ser por la emoción de verte.

Logan me abrazó y comenzó a besarme apasionadamente. Mi cuerpo se unió al suyo. Cuando empezó a bajar la cremallera de mi vestido una alarma en mi cabeza sonó.

—Logan, quiero ir despacio —le dije gesticulando con las manos.

—Bien, mi amor, no hay problema. ¿Quieres que me quede a dormir contigo?

—Sí, pero solo a dormir.

Logan suspiró y pronunció unas palabras en francés. Apagué la luz. Abrazada a él intenté dormir, pero era imposible. Mis ojos estaban abiertos de par en par. Por un lado estaba emocionada por tener a Logan durmiendo a mi lado, pero por otro no podía dejar de pensar en lo que me había contado tía Mati. Si realmente Logan estaba en Montpellier, ¿quién era el hombre que estaba a mi lado? Lo más lógico es que fuera una confusión y decidí no darle más vueltas. Tenía que disfrutar del momento y sentir la felicidad que sentía al dormir abrazada a Logan, mi amor.

En medio del silencio su teléfono sonó. Rápidamente lo cogió y contestó. Solo habló durante unos segundos, parecía preocupado.

—Mi amor, tengo que irme. Mi hija está muy enferma.

Quería saber qué es lo que le pasaba a la pequeña Alice. Tomé mi móvil y abrí el traductor.

—¿Qué enfermedad tiene tu hija?

—Tiene mucha fiebre, tengo que ir con ella —respondió levantándose de la cama.

—¿Puedo ayudarte en algo?

—No te preocupes, mi amor. Mañana, cuando pueda conectarme a la red, te escribiré.

Le acompañé hasta la puerta y nos despedimos con un largo beso.

XXIII. EL DESCUBRIMIENTO

16 de septiembre de 2015

Aunque solo había logrado dormir unas tres horas me levanté con más energía que nunca. Mi corazón palpitaba por Logan, mis ojos solo veían a Logan y mi boca sabía a Logan. Pero mi cabeza, después de la conversación que mantuve con tía Mati, necesitaba salir de dudas otra vez. Tras meditarlo durante un buen rato, resolví mandarle un mensaje para ponerlo a prueba:

—*Hola, mi amor. ¿Cómo se encuentra Alice? Estoy muy preocupada y he pensado que si me das la dirección de la casa donde os encontráis, puedo ir a visitaros y a cuidar de la niña. Ya que estoy aquí, me gustaría hacer algo por vosotros.*

Pensé que con suerte estaría conectado y me respondería pronto, pero no contestó hasta pasadas más de dos horas:

—*Hola, mi amor. La niña está mejor, ya no tiene fiebre. Eres una mujer bondadosa y Alice se alegrará mucho de que vayas a verla, eso le animará. Te agradecería que cuidaras de ella. Tengo que solucionar unos asuntos, en cuanto pueda volveré a conectarme, te daré la dirección de la casa y nos reuniremos allí. Eres adorable, mi amor, sin dudas eres la mujer de mi vida.*

—Bien, esperaré a recibir tu próximo mensaje.

Prueba superada, iba a conocer a sus hijos. Estaba muy contenta, aunque el cielo estuviera cubierto de nubes, hoy para mí era un día azul y tenía ganas de ir de compras.

Al salir del hotel dudé si cambiar de barrio y conocer otras zonas de Abiyán, pero en Le Plateau se encontraban las mejores tiendas y quería comprar algunos regalos. Hoy la ciudad me parecía más alegre. Caminando llegué hasta una de las calles que nos había enseñado Fabrice donde había una gran variedad de comercios, establecimientos, cafeterías… Primero entré en una tienda de moda, después en una de decoración y para finalizar sentí curiosidad y entré en una bonita librería.

Al llegar al hotel el recepcionista me llamó y me dijo que un chico había preguntado por mí y que se encontraba en el *hall*. Observé detenidamente hasta que, casi escondido en un rincón sentado en una silla, vi a Enam. Rápidamente, fui hacia él.

—Hola, Enam. Me alegro que hayas venido. ¿Llevas mucho tiempo esperándome?

—Hola, señora, más de una hora pero no importa. Señora, tengo cosas importantes que contarle.

—Soy tu amiga, así que llámame por mi nombre o solo, amiga. Enam, ¿has almorzado ya? Se me ha hecho tarde y hoy tengo muchísimo apetito.

—No he comido nada, amiga.

—Bien, te invito. Vamos a ir a un restaurante que está muy cerca de aquí.

—Como usted quiera, amiga.

Llevé a Enam al restaurante en el que había estado cenando con Logan, no por la comida que servían, sino porque me recordaba a él.

—¿Qué te apetece tomar, Enam?

—Lo mismo que usted.

Si yo comía con ganas, Enam me superaba con creces.

—Amiga Paola, tengo que contarle una cosa que no le va a gustar.

—¿Sobre qué? —pregunté intrigada.

—Sobre Roi.

—Ah, ya no me acordaba de él, no me cae nada bien. No te preocupes ya he descubierto la verdad.

—Amiga, usted es muy buena y tengo que contarle lo que he visto.

—Cuéntame, Enam.

—El día que la conocí en el mercado de Treichville, me pidió que averiguara algunas cosas sobre Roi, así que por la tarde fui a la zona donde lo vimos y me escondí a esperarlo; últimamente él va mucho allí. Al cabo de una hora entró en el bar, se tomó un café y se marchó. Sin que se diera cuenta lo seguí. Al llegar a una de las casas abandonadas se paró en la puerta, cogió una de las llaves que había debajo de una piedra y entró. A los diez minutos salió dejando las llaves en el mismo sitio. Esperé durante un rato a que se alejara y fui hacia la casa. Cogí las llaves, abrí la puerta, las puse de nuevo en su sitio y entré. No era una casa normal, no había dormitorios ni cocina, solo una enorme habitación con muchas cajas, unas grandes y otras pequeñas. Con curiosidad y con mucho cuidado abrí algunas de ellas. Había televisores, radios y relojes. De repente escuché que estaban abriendo la puerta y rápidamente me escondí detrás de las cajas más grandes. Roi entró con un hombre. Desde mi escondite pude observar como cogía dos cajas pequeñas y dándoselas al hombre le dijo:

«Ahora te entrego solo la mitad. Cuando le cuentes a Paola la historia que te he narrado y compruebes que se la ha creído te entregaré el resto».

Después, los dos se dieron la mano sellando el acuerdo. Amiga, tú conoces al hombre con el que Roi hizo el trato, estaba contigo el otro día en el mercado.

—¿Te refieres a Fabrice? —pregunté extrañada—. ¿Y dices que han hecho un trato para contarme una historia?

—No sé su nombre, pero usted lo conoce. Iba con su amiga y la besaba.

—Sí, debe ser él. No sé qué pensar, otra vez estoy bloqueada.

—Amiga, la quieren engañar. Ellos no son buenos.

Cada vez que me contaban algo que me indujera a tener dudas sobre Logan sentía un leve mareo.

—Voy a salir un momento, necesito tomar un poco el aire.

Una vez fuera del restaurante respiré hondo varias veces. Necesitaba oxigenar mi cerebro y poner en marcha a mis neuronas para encontrar una explicación razonable a esta nueva noticia. Si lo que Enam decía era verdad, Fabrice me había engañado al contarme como Roi conoció a Logan y a sus hijos en una cafetería, pero ¿por qué? ¿Y qué parte de lo que me había contado era verdad y cuál mentira? Quizá Roi fuera el prestamista de Logan y no quería que lo supiera nadie. Está claro que no es un hombre de fiar, además, seguro que los objetos que Enam vio en esa casa eran robados. No me gustaba nada el tal, Roi.

Necesitaba saber más y entré.

—Enam, ¿me lo has contado todo o hay otras cosas sobre Roi que me interese saber?

—De lo que pasó en la casa, sí, pero hay más.

—Por favor, dime todo lo que sepas.

—Mejor que contárselo, prefiero que lo vea con sus propios ojos, si se lo cuento seguro que no me va a creer.

—¿Qué es lo que tengo que ver? —pregunté intrigada.

—Ayer por la mañana, volví a seguir a Roi hasta un pequeño edificio. Entré y vi algo raro que no me gustó.

—Enam, te agradezco muchísimo que te informes sobre Roi porque te lo pedí, pero no tienes que estar persiguiéndole todo el día; si te ve, puede sospechar y querer saber por qué le sigues. Ese hombre debe estar metido en asuntos turbios y temo por ti. Y dime, ¿qué es lo que viste?

—Prefiero enseñárselo.

—Está bien, ¿dónde tenemos que ir?

—A Treichville, yo la llevaré.

Estaba inquieta, no me fiaba del tal Roi, solo pensar que lo iba a ver me hacía sentir mal. Tenía un poco de miedo, pero Enam era tan amable conmigo que estaba dispuesta a ir con él.

Nos subimos en un taxi y Enam le indicó una dirección al taxista.

—¿No me puedes adelantar algo? —le pregunté con curiosidad.

—No, es mejor que usted lo vea con sus propios ojos.

El taxista nos dejó en una pequeña calle. Enam comenzó a caminar y yo le seguí.

—Aquí es —me indicó al llegar hasta un pequeño edificio de tres plantas.

—Bien, ¿y ahora qué hacemos? ¿Entramos? —pregunté algo inquieta.

—Sí, pero no por la puerta principal. Sígame.

Enam rodeó el edificio hasta llegar a una pequeña puerta de aluminio.

—Amiga, baje el volumen de su teléfono móvil.

Haciéndole caso y sin preguntar, cogí mi móvil y lo puse en tono silencio.

—¿Vamos a entrar? ¿Tienes las llaves? —le pregunté con curiosidad.

—No hacen falta llaves. Tenemos que entrar sin hacer ruido.

—De acuerdo.

Estaba intrigada e incluso la situación me parecía divertida. Me sentía como una de las protagonistas de una película de misterio y aventuras.

Sin hacer ruido Enam abrió la puerta. Nada más entrar había un pequeño patio cubierto rodeado por una valla de piedras. Al fondo se veía luz. El chico me cogió de la mano y suavemente tiró de mí hasta situarnos justo detrás de una zona de la valla.

—Parece una oficina —comenté en voz baja al contemplar a través de la ventana a varios hombres trabajando.

—Sí, pero fíjese bien.

Por el lugar donde estaba ubicada podría tratarse de una oficina clandestina. Observé que había varias mesas unidas cada una con su correspondiente ordenador. Solo había tres hombres africanos trabajando, cada uno en su enorme ordenador. Estaban de espaldas a nosotros. Los tres vestían camisa blanca, era lo único que podía apreciar de ellos. A continuación, miré la pantalla de los ordenadores, aunque eran muy grandes, desde el lugar donde estábamos mi vista no alcanzaba a visualizar en lo que estaban trabajando.

—Enam, ¿qué es lo que tengo que ver? Desde aquí no puedo apreciar lo que están escribiendo.

—Sígame, la llevaré más cerca.

Sin hacer ruido me llevó hasta un lugar de la valla donde había un pequeño hueco justo delante de la ventana.

—Pase por aquí, tenemos que estar agachados para que no nos vean.

Agachada lo seguí.

—¿Ve bien desde aquí, amiga?

—Sí, Enam.

—Ahora mándele un mensaje a su novio.

—¿A Logan? ¿Pero a qué estás jugando?

—Por favor, mándeselo, yo quiero que usted vea algo.

Pensé que ya que había llegado hasta allí haría lo que me pedía, aunque solo fuera por hacerle ver que confiaba en él. Me daba la sensación de que no tenía muchos amigos y, como yo ahora era su amiga, se podía haber inventado toda esta historia para hacerse el importante o simplemente por jugar. Sin pensarlo cogí el móvil y le escribí un mensaje a Logan:

—*Hola, mi amor. ¿Cómo estás?*

—Amiga, levántese y mire ahora los ordenadores.

Siguiendo las instrucciones de Enam me levanté y miré. En dos de ellos aparecía la foto de dos mujeres distintas y en el otro la foto de un hombre. De pronto algo cambió.

—No puede ser —dije impactada.

—No hable en voz alta, amiga —me advirtió Enam.

En el ordenador del medio apareció mi foto de perfil de Facebook y, el hombre que trabajaba con esa computadora, comenzó a escribir algo. Al momento recibí un mensaje. Rápidamente me agaché y lo abrí:

—*Hola, mi amor. Estoy regular, muchos problemas con el testamento.*

—*¿Cómo está tu hija?* —respondí de inmediato.

Rápidamente me levanté y observé que en la pantalla aparecía mi mensaje. El hombre comenzó a escribir y al momento recibí otro mensaje. Me agaché, pero esta vez no pude ni abrirlo.

—Amiga, ¿está bien? ¿Qué le pasa?

Estaba en shock. La impresión de lo que había visto había sido tan grande que no podía hablar ni respirar.

—Amiga, tiene que abrirlo y contestar. Deme el móvil yo lo haré por usted —dijo Enam tomando el móvil de entre mis manos.

—Dice que su hija está mejor, ¿qué le escribo, amiga?

—Escribe lo que quieras —dije intentando reanimarme.

—Estos hombres son malos, usted tiene que ser mala con ellos también. Reaccione, amiga, ¡reaccione!

—Está bien, pero no tengo muchas fuerzas —dije cogiendo el teléfono.

De repente escuchamos como alguien abría la puerta de aluminio.

—¡Rápido, tenemos que escondernos en otro lugar! Aquí nos pueden ver. ¡Sígame!

No tenía fuerzas para levantarme. Enam me tuvo que ayudar a caminar. Era un chico muy fuerte y me llevó hasta un lugar de la valla alejado de la puerta de entrada a la oficina. No pudimos ver quién entró, pero sí escuchamos como entraba en la oficina y cerraba la puerta.

—Amiga, ahora tiene que contestar al mensaje.

Gracias a Enam y a su insistencia pude salir del estado de shock en el que me encontraba. Respiré hondo varias veces y contesté:

—*Ya sabes que me gustaría ir a cuidar a tu hija. Me dijiste que me ibas a dar la dirección de la casa, ¿a qué hora te viene bien que vaya?*

Mientras esperaba que me contestara le dije a Enam que observara la oficina.

—El hombre que te escribe se ha levantado y ahora tu foto aparece en el ordenador del hombre de al lado.

—Pero ¿esto qué es?

—No lo sé, pero no es nada bueno. Creo que la están engañando y quería que usted lo viese con sus ojos. Ayer por la mañana, cuando seguí a Roi hasta aquí, vi su foto en un ordenador y a un hombre escribiéndole, entonces me di cuenta que se estaban haciendo pasar por su novio.

—Enam, gracias, eres mi ángel de la guarda.

—Acaba de regresar el hombre que le escribe. Oh, Roi ha llegado y está hablando con él. El hombre está escribiendo.

En unos segundos recibí un mensaje.

—*Mi amor, hoy no es buen día para que nos veamos.*

—*¿Por qué?*

—*Porque tengo que conseguir dinero. El prestamista me ha fallado, ahora necesito tu ayuda.*

—*Ya te he dicho que yo no puedo prestártelo.*

—*Lo sé mi amor, pero quizá tu amiga me lo pueda prestar, ¿podrías hablar con ella? Por favor, mi amor, ayúdame. Cuanto antes lo solucione, antes podremos estar juntos. ¿Es que no quieres verme bien y estar para siempre conmigo?*

En ese momento tenía ganas de escribirle que era un embustero, timador y que no pensaba darle ni un solo euro aunque mi amiga fuese rica. Me gustaría entrar en la oficina y darle una patada en sus partes, una bofetada en la boca que le dejara sin dientes y quemarle una mano. Pero tendría que dejarlo para otro día, debía de ser prudente tanto por mí como por Enam. Con una bola en el estómago, le contesté como si fuera la misma idiota de siempre:

—*Mi amiga está de viaje, pero la llamaré y se lo consultaré. Haría cualquier cosa por ayudarte. Ahora te tengo que dejar, mi amor.*

—*Gracias, mi amor. Eres mi vida, mi salvación.*

—Amiga, ¿qué le has dicho? El hombre que te escribe y Roi han chocado sus manos.

Rápidamente me levanté, pero solo pude observar a Roi de espaldas alejándose de la zona de las computadoras.

—Enam, vámonos de aquí, me estoy sintiendo mal otra vez.

Cogiéndome de la mano me llevó hasta la puerta de salida. Abriéndola suavemente salimos a la calle. Comencé a correr alejándome del edificio y en una zona donde no había nadie me paré y vomité.

—¿Se encuentra bien? ¿Cómo puedo ayudarla?

—Llévame hasta un taxi.

Tenía el cuerpo descompuesto, pero hice un esfuerzo y caminé hasta que Enam localizó uno.

—La acompañaré hasta el hotel, usted no se encuentra bien.

—No, ya has hecho demasiado por mí. Lo que sí quiero es que mañana vengas a verme. Quiero ayudarte, ahora me toca a mí —le dije sacando dinero de mi monedero y entregándoselo—. Toma, esto es para que compres comida y para el taxi de mañana. Prométeme que vas a venir a verme. Si no estuviera en el hotel, llámame por teléfono a este número.

—Te lo prometo, amiga. Yo estoy preocupado, usted está muy mal.

—No te preocupes, en un rato me recuperaré —dije subiéndome al taxi.

Nada más llegar al hotel subí a mi habitación, me tumbé en la cama y lloré hasta que me quedé dormida. Solo fueron veinte minutos, los suficientes para despejar un poco mi cabeza. Lo primero que me cuestioné es qué tenía que ver Logan con el hombre africano que me escribía y con Roi. La única justificación a su favor era la posibilidad de que le estuvieran haciendo chantaje, pues había pedido dinero a un prestamista y tal vez fuera el dichoso Roi. Era consciente que eso era lo que quería creer mi corazón, ya que era incapaz de asimilar de golpe lo que había visto. Pero fuera lo que fuese, había sido engañada. El solo hecho de pensar que había estado escribiendo mensajes de amor con el hombre de la oficina me provocaba náuseas, no por él en sí, pues no tenía ni idea de quién podía ser, sino por el hecho de sentirme engañada. Esta nueva situación era demasiado fuerte para asumirla sin más. Mi corazón seguía latiendo por Logan, pero por suerte, quién mandaba en estos momentos era mi cabeza. Necesitaba tomar el aire y decidí dar un paseo y merendar en alguna cafetería.

Casi sin fuerzas salí del hotel. Comencé a caminar sin saber donde me llevaban mis pies hasta que vi una cafetería. Me senté en la terraza. Con la mirada perdida observaba a la gente que pasaba por allí. Ahora la ciudad no me resultaba tan bonita y alegre como esta mañana. Pedí un café y tarta de chocolate, me vendría bien para recuperar energías. Mi teléfono sonó, era tía Mati:

—Hola, Paola, ¿te pillo en buen momento para hablar?

—Hola, no estoy bien, pero me urge hablar con alguien.

—Paola, necesito que me envíes enseguida las fotos que tengas de tus amigos, Martín y Alfred. Es posible que alguno no sea quién dice ser.

—¿Cómo? ¿Es que ninguno de los hombres que he conocido este verano es real?

—Cuando me envíes las fotos lo sabremos. ¿Qué te pasa?

—Estoy fatal —dije rompiendo a llorar—. Hoy he visto a un hombre africano escribiéndome mensajes haciéndose pasar por Logan. ¡No entiendo nada!

—Cálmate, ¿dónde lo has visto?

—Enam vino a verme esta mañana y me contó que había visto a Fabrice con Roi. Según él, Roi le entregó unas cajas a cambio de que me contara algo. Después me llevó a un edificio donde había una oficina en la que había varios hombres trabajando en sus respectivos ordenadores. Lo he visto con mis propios ojos.

—Paola, ¿te han visto esos hombres?

—No sé... creo que no. Estaba tan mal que no te lo puedo asegurar.

—Y, Enam, ¿piensas que puede mencionar lo que habéis visto a alguien?

—Tampoco lo sé, ya te he dicho que estaba fatal, ¿por qué lo preguntas?

—Paola, he averiguado algunas cosas sobre Logan y dentro de un rato sabré más. Esta noche tomo un vuelo para Abiyán, llegaré a media mañana.

—¿De verdad?

—Sí, lo decidí después de leer una información que me mandaron sobre él, además, estás sola y sé que agradecerás mi compañía.

—Por mí, estupendo. ¿Qué es lo que has averiguado?

—Mañana te lo contaré. Hasta que no tenga la información completa prefiero no decirte nada, demasiadas incógnitas tienes ya en tu cabeza. Paola, hoy no debes de dormir en el hotel, tu amiga Raquel no está y no sabemos si esos hombres saben que los has descubierto. Eso sería peligroso.

—No me asustes, ¿piensas que puedo estar en peligro?

—Es solo una posibilidad, no pretendo inquietarte. Te lo digo por precaución.

—¿Y a qué hotel voy?

—Llama a tu amigo el notario, pero no le cuentes nada, no sabemos quienes pueden estar implicados.

—¿Implicados? ¿Quieres decir que Eric puede conocer a los hombres de la oficina?

—No lo sé. Llámalo y dile que hoy has tenido la sensación de que un hombre te estaba siguiendo y que te he aconsejado que no te quedes en el hotel esta noche porque tu amiga no está.

—Está bien, seguiré tus consejos. Ya no tengo capacidad para pensar por mí misma.

—Descansa un poco y no pienses en lo que te ha sucedido hoy, bórralo de tu cabeza como si solo hubiera sido un mal sueño.

No lo hables con nadie, limpia tu mente, lo que has visto, no ha sucedido. Mañana será otro día y entre las dos lo solucionaremos.

—Lo intentaré. Hasta mañana.

Terminé de tomar el trozo de tarta y me fui para el hotel.

Siguiendo los consejos de tía Mati me tumbé en la cama y ordené a mi cabeza borrar parte del día. Suavemente masajeé las sienes y mi mente se relajó. Todo había sido un mal sueño, todo iba a ir bien.

Había pasado una hora cuando abrí los ojos. Era tarde y tenía que llamar a Eric:

—Hola, Paola. Pensaba llamarte para decirte que no hemos encontrado todavía el testamento. ¿Has averiguado ya dónde está Logan?

—Todavía no. Te llamo para preguntarte por algún hotel cercano donde me pueda alojar esta noche. Raquel se ha ido de viaje con Fabrice, no sabía a quién consultárselo y, he pensado que tal vez me puedas recomendar alguno.

—¿Por qué quieres irte a otro? ¿No estás bien ahí?

—Sí, aquí se está muy a gusto. Ha sido idea de mi tía. Le he contado que hoy he tenido la sensación de que un hombre me estaba siguiendo y piensa que debo cambiar de hotel esta noche. Yo no tengo miedo, pero le he prometido que lo haría.

—No hay problema. Te puedes quedar a dormir en mi casa, es muy grande, tiene varios dormitorios. ¿Qué te parece si te recojo a las nueve y vamos a cenar?

—No sé, no quiero molestarte, Eric.

—¿Molestarme? Para nada, incluso me hace ilusión. Hoy serás mi invitada.

—Gracias, Eric. Acepto tu invitación.

Después de tomar una relajante ducha me arreglé y bajé a la puerta del hotel a esperarlo. Estaba tranquila, como si nada hubiera sucedido. A las nueve en punto llegó en su flamante coche, se bajó, me abrió la puerta y sonriendo comentó que esta noche me iba a sorprender.

Nada más aparcar caminamos unos dos minutos y entramos en un restaurante. Según él, era el mejor de la ciudad. Observé que estaba lleno, pero había reservado mesa.

—En este sitio sirven uno de mis platos preferidos, ¿te gustaría probarlo?

—Sí me lo recomiendas, lo tomaré —respondí sonriendo.

—Así que tu amiga se ha ido de viaje y te ha dejado sola. No me extraña, ya te comenté lo que opinaba sobre ella y seguro que no te ha preguntado si quieres ir.

—Parece que la conoces mejor que yo. Solo me dijo que se iba con Fabrice dos días. La has captado bien, es una persona que consigue todo lo que quiere. A veces con sus palabras hace que me sienta muy mal, como si quisiera hacerme daño o ridiculizarme delante de Fabrice, pero cuando estamos las dos solas es muy agradable.

—Eso es porque quiere ser a toda costa el centro de atención y, además, tendría un objetivo; un hombre al que conquistar y por lo que comentas ya lo ha conseguido.

—Sí, están juntos, por lo menos durante este viaje.

—Pues que se lo pase bien. Ha ganado por unos días a un hombre, pero ha perdido a una amiga de por vida, ¿no es así?

—Sí, ya no confío en ella. Cuando regrese a España no voy a mantener el contacto más allá de lo necesario y solo por educación, lo tengo muy claro. Con la edad he aprendido a seleccionar a las personas que están en mi vida.

—Cambiando de tema, ¿todavía no sabes nada de Logan?

—Sinceramente no me apetece hablar del tema, si no te importa me gustaría desconectar un poco.

—Como quieras, te comprendo. Voy a pedir un vino que te va a encantar.

—¿Otro? Ya llevamos dos copas.

—Este es distinto, ya verás.

—¿Vienes mucho a este restaurante?

—Sí, lo intento al menos una vez a la semana.

—No me extraña, la comida está exquisita, tienes buen gusto —opiné saboreando la tercera copa de vino.

—Pues si te ha gustado este restaurante te va a fascinar el bar de copas al que te voy a llevar ahora.

—Estoy en tus manos y con ganas de pasarlo bien.

—Pues en marcha, la noche de Abiyán nos está esperando.

Eric me llevó a uno de los sitios más selectos. Estaba muy contenta, no paraba de hablar y reír, sabía que era por el efecto de las copas de vino que había tomado y pensaba disfrutar y distraerme al máximo.

El bar era de diseño minimalista, elegante y con buen ambiente. Nos sentamos en una mesa y Eric pidió dos cócteles.

—Espero que te guste, es mi cóctel favorito.

—Uhm... está muy bueno.

—Aquí suelen venir personas de distintos países que se encuentran en Abiyán por trabajo. Es un lugar donde se sellan muchos asuntos de trabajo.

—Me gusta, tanto la decoración como el ambiente, pero hoy me apetecería ir a algún sitio más animado tengo ganas de bailar.

—Estupendo, si eso es lo que quieres, cuando terminemos la bebida te llevaré a una discoteca.

Me sentía bien hablando con él y en cierta forma segura.

—¿Nos vamos ya? —propuso Eric nada más terminar el cóctel.

—Sí, lo estoy deseando.

La discoteca estaba muy animada, buena música y excelentes bailarines. Eric me llevó hasta una pequeña mesa y pedimos unas copas.

—¿Te gusta este local? La música es estupenda.

—Sí y las personas que están en la pista tienen buen ritmo. ¿Bailamos?

—Por supuesto.

Eric me acompañó durante las primeras cinco canciones, luego se sentó. Yo quería continuar bailando y me quedé sola mezclándome entre la gente moviéndome al ritmo de cada canción que ponía el *disc jockey*. Al cabo de media hora me senté junto a él.

—Vaya ritmo, Paola.

—Hacía meses que no bailaba tanto. Estoy sedienta voy a pedir otra copa.

Entre risas le conté a Eric algunas anécdotas divertidas que me habían sucedido en mi trabajo y después me fui otra vez sola a la pista hasta que mis pies no pudieron más.

—Este debe de ser tu mejor día en Abiyán, no paras de reír y de bailar.

—Creo que las copas se me han subido un poco a la cabeza, no suelo ser así. Mi mejor día en Abiyán, ¡sí! —dije riéndome.

De repente mi estado de humor cambió y me puse a llorar.

—¡No es mi mejor día en Abiyán, es uno de los peores días de mi vida!

—Vaya, has pasado de la euforia al llanto, eso se debe al alcohol y a alguna cosa más. ¿Te ha pasado algo hoy, Paola?

—¡Sí, me han engañado!

—¿Quién?

—Todos, ¡todos los hombres me han engañado!

De pronto me levanté del sillón y mirando a los hombres que habían a mi alrededor, comencé a gritar:

—¡Falsos, sois todos unos falsos! Tú, tú y tú, ¡falso, falso y falso! —les grité señalándolos con la mano.

Eric cogiéndome por el brazo me obligó a sentarme.

—Paola, nos vamos a ir ya a casa, se te ha subido un poco la bebida —dijo con mucho tacto.

—No me quiero ir. Quiero tomarme otra copa.

—Ya hemos bebido suficiente por hoy, si te gusta tanto este sitio, podemos volver mañana.

Eric me sujetó suavemente por la cintura y salimos de la disco.

—No puedo andar, no siento los pies.

—Tienes que hacer un esfuerzo, enseguida llegaremos al coche.

Nada más llegar Eric abrió la puerta, me senté y a continuación me quité los zapatos.

—¿Está lejos tu casa? Estoy algo mareada.

—En cinco minutos estaremos allí. Te abriré la ventana para que te dé un poco el aire, eso te sentará bien.

De repente sentí como el movimiento del coche revolvía mi estómago. Todo me daba vueltas, quise avisar, pero la comida y bebida que había tomado tenían prisa por salir y ensuciar la flamante tapicería del coche de Eric.

—¡Cuánto lo siento! No me ha dado tiempo a decirte que parases un momento. ¡Qué horror! Te prometo que lo limpiaré todo.

—No te preocupes por eso, ¿estás bien? —me preguntó deteniendo el vehículo.

—Estoy muerta de vergüenza.

—Pensaba que te había encantado la comida —comentó en tono irónico para quitarle importancia a lo ocurrido.

—Lo siento, de verdad. Arranca el coche, creo que ya no me queda nada más por expulsar.

Eric aparcó en el garaje, me abrió la puerta y, sujetándome, dirigió mis pasos hasta su apartamento.

—Ya estamos en casa, creo que ahora no es buen momento para enseñártela. Te voy a preparar una infusión que te vendrá bastante bien.

—Eres un cielo, en estos momentos no soy buena compañía. ¡Qué desastre!

—Anda, tómatela.

—Está caliente, pero mi cuerpo lo agradece.

—Ven, te acompaño a tu habitación. Paola, mañana tengo que salir temprano para la oficina, no te voy a despertar porque creo que necesitas dormir. Por favor, llámame cuando te levantes.

—Eric, eres, eres... ¡Qué coraje, no me salen las palabras!

—Venga, entra en el cuarto y acuéstate. Mañana será otro día.

—¿Eres real?

—Sí, soy muy real. Buenas noches, que descanses.

—Buenas noches, Eric —le dije entrando en el dormitorio.

XXIV. TÍA MATI

17 de septiembre de 2015

Abrí los ojos. A mi cabeza comenzaron a llegar diversas imágenes; bailaba, luego gritaba, después vomitaba. Mis ojos se volvieron a cerrar como si de una pesadilla se tratara. A los cinco minutos los volví a abrir. Rápidamente cogí mi móvil y miré la hora. Eran las diez de la mañana, de pronto reaccioné. Estaba en casa de Eric y, con suerte, ya se habría ido a trabajar. La cabeza me dolía a rabiar, pero más me dolía el ridículo que había hecho ayer. No quería verlo, sentía vergüenza, ¿qué habrá pensado de mí?

Me levanté de la cama y fui al baño. Cuando vi mi cara reflejada en el espejo me asusté. Cogí mi pequeño neceser e intenté ocultar las profundas ojeras. Con cuidado, abrí la puerta del cuarto y en tono suave llamé a Eric. Por suerte no contestó y me dirigí hacia la cocina. Sobre la mesa había una cafetera, leche, una taza, un vaso, fruta y una nota:

«Buenos días, Paola. Te he dejado el desayuno preparado, al lado del vaso de agua hay una pastilla, tómatela, es para el dolor de cabeza, te sentará muy bien. Cuando termines, por favor, llámame».

—Desde luego, este hombre está en todo —pensé en voz alta.

Después de desayunar cogí el teléfono dispuesta a llamar a Eric. No sabía cómo explicarle mi horrible comportamiento de anoche. Después de darle muchas vueltas lo llamé:

—Buenos días, Paola, ¿cómo te encuentras hoy?

—Buenos días, Eric. Lo que más me duele es el mal rato que te hice pasar ayer. Te pido perdón, no estoy acostumbrada a beber tanto, yo no me comporto de esa forma, de verdad.

—Tranquila, los dos bebimos demasiado, pero a ti te sentó peor que a mí. ¿Qué vas a hacer ahora?

—Voy a ir al hotel. Hoy llega mi tía a la ciudad y comeré con ella.

—Bien, por la tarde te llamaré para ver cómo estás. Cuídate.

—Gracias por todo, Eric. Pensaré la manera de compensarte por lo de anoche.

En cierta forma me sentí aliviada. Parecía que Eric no se lo había tomado demasiado mal.

Cuando llegué al hotel lo primero que hice fue darme una buena ducha. En mi mente esporádicamente aparecían las imágenes de la desafortunada noche que pasé. Decidí no pensar más en ello, ya no podía hacer nada para cambiar lo ocurrido.

A las doce y media me llamó tía Mati.

—¡Hola! ¿Estás ya en Abiyán?

—Sí, acabo de llegar a tu hotel. Si te viene bien, quedamos en una hora para almorzar. Necesito reposar un rato.

—Perfecto, nos vemos en el restaurante del hotel. Estoy deseando verte, pero comprendo que quieras descansar.

Gracias a la pastilla que me había tomado en casa de Eric mi cabeza estaba despejada, pero mi estómago todavía andaba algo revuelto. Bajé al restaurante y pedí un zumo de tomate. Mientras esperaba a tía Mati comencé a recordar todo lo que me había sucedido ayer. De pronto sentí angustia, necesitaba saber de una vez quién era Logan.

—¡Paola, cariño, por fin nos vemos! —profirió tía Mati entrando por la puerta del restaurante.

Rápidamente me levanté, me acerqué a ella y le di un abrazo.

—Tía Mati, no sabes lo que me alegro de verte. Necesito desesperadamente hablar contigo.

—Lo sé, cariño, tengo muchas cosas que contarte.

—Pues empieza ya —imploré sentándome en la mesa.

—Te informaré mientras almorzamos. Por cierto, ¿dónde dormiste ayer?

—¡Ay, tía Mati! Vaya nochecita la de ayer... Hice el ridículo de tal manera que no quiero ni acordarme.

—¿Qué te pasó?

—Eric se ofreció para que me quedara a dormir en su casa y acepté. Primero fuimos a cenar y luego de copas. Bebí demasiado y terminé gritando a unos hombres diciéndoles que eran unos falsos, luego vomité en el coche de Eric... En fin, un comportamiento de lo más sofisticado. Eric tiene que tener una idea de mí bastante mala, con lo educado y exquisito que es. Le gustan los mejores restaurantes, los mejores bares de copas y seguro que la mejor compañía y ayer no pudo tener peor acompañante. ¡Qué vergüenza!

—Bueno, eso le puede pasar a cualquiera —dijo para tranquilizarme—. ¿Le contaste al notario lo que habías descubierto de Logan?

—No, no le conté nada. Como me aconsejaste, hice un lavado de mente, pero con el efecto de las copas hubo un momento en que todo vino a mi cabeza y reaccioné llamando falsos a varios hombres, pero Eric no sabe a qué me refería.

—He investigado al notario y está limpio. Es un hombre trabajador, honesto y muy rico. No le hace falta meterse en asuntos turbios para ganar dinero. Su reputación es intachable, es un hombre que merece la pena y está soltero.

—Y puedo añadir que es muy inteligente y divertido. Tantas cosas buenas en un hombre me dan miedo. Seguro que esconde algo.

—Eso lo piensas ahora por lo que te ha pasado con Logan, pero te aseguro que sí existen hombres así.

Mi teléfono sonó, era Raquel.

—Hola, Raquel. ¿Cómo lo estás pasando?

—Hola, en estos momentos no muy bien. ¡Me han robado la tarjeta de crédito! Estoy muy nerviosa. ¡No puedo pagar la comida!

—Cálmate, Raquel. ¿Cuándo y dónde te la han robado?

—No lo sé, debió de ser ayer por la noche. Salimos a cenar y después fuimos a una discoteca. Pagué todo con la tarjeta. Esta mañana nos hemos ido de excursión y hace un rato, cuando iba a pagar la factura del restaurante, me he dado cuenta de que no tenía la tarjeta. Fabrice está realizando por teléfono todas las gestiones para anularla, pero hasta que no vaya al banco no me voy a quedar tranquila.

—Vaya, lo siento... Con lo bien que lo estabas pasando. Oye, ¿y si ha sido Fabrice?

—¿Fabrice? Él está muy enamorado de mí. ¿Cómo puedes preguntarme eso? Ya, son tus celos.

Pensaba contarle lo que había descubierto de Fabrice, pero observé cómo tía Mati me hacía señas para que no hablara sobre él.

—No, Raquel, no tengo celos. Te lo decía porque siempre está contigo y realmente no lo conoces. Olvídalo, no sé por qué se me ha ocurrido. Como tú dices, él te está ayudando.

—Creo que me la robaron ayer en la discoteca, había muchas personas y cualquiera pudo meter la mano en mi bolso sin darme cuenta. Mañana a primera hora nos vamos para Abiyán, allí están todos los bancos. Menos mal que tengo guardada la otra tarjeta en el hotel.

—¿Seguro que está en el hotel?

—Sí, la tengo muy bien guardada. Paola, ¿cómo te va con Logan?

—Bien, lo veo poco, pero pronto voy a conocer a sus hijos.

—Ahora te tengo que dejar, Fabrice me llama. Mañana te veo.

Nada más colgar mi tía y yo nos miramos y dijimos a la vez:

—Fabrice.

—Seguro que ha sido él quién le ha robado la tarjeta y has hecho bien en mentirle y decirle que vas a conocer a los hijos de Logan. Fabrice estará en contacto con Roi y se lo contará. Nos interesa que no sepan que los has descubierto. Por ahora no debes contárselo a ella.

—Tía Mati, ¿cómo has averiguado que Eric está limpio? ¿Qué sabes de Logan? ¿Y qué es lo que pasa con mi amigo Martín y Alfred, el alemán? Tienes muchas cosas que contarme y creo que necesito una buena explicación.

—Te informaré de todo lo que he indagado, pero antes te voy a hablar sobre mi vida para que lo entiendas mejor. Como bien dices, te debo una explicación de cómo lo he averiguado, pero me tienes que prometer que no se lo vas a contar a nadie. Tiene que quedar entre nosotras.

—Puedes confiar en mí —le dije con firmeza.

—Como ya sabes, a los dieciocho años mis padres me mandaron a estudiar a Londres.

—Lo sé, pero desconozco el porqué y siempre he tenido curiosidad por saber el motivo.

—Porque me enamoré locamente de un chico al que había conocido hacía solo un mes y me quería casar con él. De joven era una chica normalita, ningún chico se fijaba en mí. Un día, paseando por la calle, un joven me miró y me dijo que era muy guapa. Me hizo tanta ilusión que me quedé quieta delante de él, mirándole y sonriendo. Empezamos a vernos todos los días y a las tres semanas de conocernos me pidió que me casara con él. Mis padres se opusieron y me mandaron a estudiar a Londres.

Después de realizar dos cursos para perfeccionar el inglés comencé a estudiar Idiomas.

—¿Y qué pasó con el chico con el que te querías casar?

—No volví a saber nada más de él, pero tuve mucha suerte, pues al poco tiempo me volví a enamorar.

»Corrían los años setenta cuando llegué a Londres, concretamente, el año 1976. Mis padres me habían buscado una residencia para chicas en el centro de la ciudad, cerca del colegio privado donde iba a realizar un curso para perfeccionar el inglés. El curso estaba ya bastante avanzado, pero después de realizar unas pruebas comprobaron que mi nivel era bastante bueno y me aceptaron. Me sentía en tierra extraña y sin ganas de relacionarme. En otro momento de mi vida estaría pletórica e ilusionada por vivir la experiencia, pero como era una situación impuesta me sentía triste y cohibida. Mis compañeros de clase eran de otros países al igual que yo y entre ellos estaba Berat, un chico turco con el que congenié desde el primer momento y nos enamoramos. Pasábamos todo el día juntos, estudiábamos, paseábamos. Gracias a él recobré la ilusión y comencé a apreciar los innumerables encantos de la ciudad, sus calles, museos, la música, el movimiento *punk*... Me gustaba todo y volví a ser la chica extrovertida y animada de siempre. Cuando el curso finalizó Berat regresó a su país y yo decidí quedarme en Londres, quería realizar otro curso más avanzado de inglés para luego estudiar Idiomas.

»Después de realizar durante un año el curso comencé mis estudios universitarios. Recuerdo el primer año de carrera como uno de los más bonitos que he vivido en Londres. En la Universidad hice muy buenos amigos, nos reuníamos para estudiar, ir a conciertos, exposiciones y todos los viernes salíamos a cenar. Todos mis amigos del grupo eran de otros países, Cara y Elda eran de Italia, Alexander de Grecia y Carl de Alemania. Como nuestras familias estaban lejos los cinco estábamos muy unidos.

»El segundo año de carrera mi vida cambió. Un día, después de estudiar, el inseparable grupo nos fuimos a tomar unas cervezas a un *pub* que habían inaugurado recientemente. Entre risas observé a un hombre muy guapo que estaba sentado en la barra del *pub* junto a dos amigos. Sin que se diera cuenta lo miraba sin parar. De repente giró su cara, me miró y me sonrió. Me quedé embobada mirándolo fijamente, como hipnotizada, y le sonreí. A continuación aparté de él la mirada y continué hablando con mis amigos. Cuando nos marchábamos del bar el hombre se acercó y me preguntó si era española, a lo que sonriendo le contesté que sí. Me dijo que dentro de unos días tenía que ir por trabajo a Madrid y me pidió si le podía informar sobre determinados lugares a los que tenía que acudir. Sin pensarlo dos veces le dije que sí. Me acerqué a mis amigos y les dije que se fueran sin mí.

»Se llamaba Peter, tenía treinta años y trabajaba en una empresa en Londres. Desde el primer momento nos sentimos atraídos y comenzamos a salir. Por su trabajo viajaba mucho y no lo veía casi ningún fin de semana, pero entre semana siempre que tenía un rato libre me llamaba para vernos. Me enamoré locamente de él, era un hombre inteligente, culto, atento, divertido y me sentía afortunada porque se hubiera fijado en mí.

»En tercero de carrera me ofreció la oportunidad de trabajar en la empresa de un amigo suyo como traductora a tiempo parcial para que pudiera compaginarlo con mis estudios. Me pareció una buena oportunidad, tanto por tener la posibilidad de comenzar a trabajar como por empezar a ganar dinero, así podría dejar la residencia de chicas que me pagaban mis padres y alquilarme algún estudio cerca de Peter. Él vivía en las afueras de Londres cerca de sus padres, pero también compartía con un compañero un apartamento en el centro de la ciudad en el que se quedaba a dormir algunos días.

»Cuando comencé a trabajar poco a poco dejé de reunirme con mis amigos, prácticamente solo los veía en clase. Los ratos que tenía libres eran para estar con Peter y los fines de semana los dedicaba a estudiar. Cada día estaba más unida a él, era muy feliz y él sabía que haría cualquier cosa que me pidiera. Casi nunca me hablaba de su ocupación y cuando le preguntaba siempre me respondía que necesitaba desconectar, hasta que un día me hizo una proposición y así fue como me enteré de cuál era realmente su trabajo: Peter trabajaba en el Servicio de Seguridad y me propuso si quería colaborar con ellos.

—¿Peter es un espía, trabaja para el MI6? —pregunté intrigada.

—No. Trabaja para el MI5, seguridad interna del país, pero la propuesta que me hizo era para colaborar con el MI6, la agencia que se encarga de la seguridad exterior del país. Me contó que la empresa en la que yo trabajaba colaboraba con los Servicios de Inteligencia Secretos y le habían pedido que me propusiera colaborar con ellos. Al principio no entendía en qué consistirían mis colaboraciones y qué riesgos conllevaban. Peter me explicó que mi función a partir de ahora sería ser intérprete en diversos actos tales como congresos, seminarios o reuniones internacionales. Me subirían el sueldo y me pagarían un extra cada vez que aceptara una colaboración.

»No podía negarme a nada de lo que él me pidiera y acepté. Comencé a trabajar como intérprete y a realizar algunos viajes al extranjero. Al principio todo era normal, hasta que comenzaron a pedirme, como ellos decían, colaboraciones. Sin darme cuenta me metí en un mundo ajeno al mío, y poco a poco fui descubriendo los encantos de mi nuevo trabajo. Me gustaba el riesgo y empezó a formar parte de mi vida.

»Peter estaba orgulloso de mí. Por lo visto en la empresa estaban muy contentos con mi labor. Todo era perfecto, hasta que un día me llamó mi amiga Elda y me contó que había visto a Peter en un parque con un niño pequeño. Elda lo siguió hasta una casa y anotó la dirección.

»Guiada por la curiosidad, cogí un taxi que me llevó hasta esa dirección. Era una casa de dos plantas con un pequeño jardín. Sin pensarlo llamé a la puerta y me abrió una mujer de unos treinta años muy guapa. Le pregunté por Peter y me contestó que no se encontraba en casa. Le dije que quería informarle sobre un asunto de trabajo y me invitó a entrar. En el salón pude contemplar, horrorizada, varias fotos de Peter con esa mujer y dos niños. Era su mujer y tenían dos hijos, uno de cinco años y un bebé de cuatro meses. Fingiendo que tenía prisa, me despedí y me fui.

»El mundo se me vino encima. Peter estaba casado y nunca me lo había dicho. Tenía un hijo de cinco años y lo peor es que había vuelto a ser padre recientemente. Sentí un gran dolor en el corazón. Me fui a mi apartamento y no salí de allí en dos días. Cuando reaccioné resolví que, aunque con dolor, tenía que continuar con mi vida. Faltaban solo dos meses para finalizar mis estudios y, aunque entre lágrimas, tenía que terminar la carrera. En el contestador tenía varios mensajes de Peter, decidí llamarle y poner fin a la relación. Insistió en verme para darme una explicación, pero le dije que tenía que terminar mis estudios y en esos momentos lo único que quería era olvidarme de él para siempre. Le hice prometer que por mi bien no volviera a llamarme.

»Peter cumplió su promesa hasta el día en que terminé la carrera. Cuando salí de clase estaba esperándome. Me pidió que, por favor, le escuchara solo un momento y acepté. Me dijo que estaba enamorado de mí y que no quería perderme, pero que en esos momentos no se podía separar por sus hijos. Desde que me conoció pensó en la posibilidad de separase. No me contó que estaba casado por miedo a perderme. Reconocía que había sido egoísta y que muchas veces se había planteado contármelo, pero no se atrevió. Me aseguró que con su esposa solo le unía los hijos que tenían y de quien realmente estaba enamorado era de mí. Me pidió tiempo para que su hijo pequeño creciera, después se separaría y estaríamos por siempre juntos.

»Seguía enamorada de él, pero sabía que no iba a dejar a su esposa. Además, no podía perdonarle que estuviera casado. Habíamos pasado varios años juntos, me había apartado de mis amigos, había comenzado a hacer colaboraciones por él y me planteaba si realmente lo único que quería de mí era eso: un fichaje nuevo y fresco para la empresa, quizá ganara puntos en su trabajo. Ahora entendía por qué no lo veía casi ningún fin de semana. Tanto trabajo era bastante extraño, pero creí en él y me había decepcionado. Con mucho dolor le contesté que no quería volver a verlo más, me había ocultado algo que si lo hubiera sabido desde el principio nunca hubiera tenido una relación con él.

»La empresa me ofreció un contrato a tiempo completo, pero necesitaba olvidarme de Peter y determiné regresar a España. Me dejaron las puertas abiertas, podría volver a trabajar para ellos cuando quisiera.

—Vaya historia, tía Mati. Lo debiste pasar fatal.

—Sí, muy mal. Te estoy contando parte de mi vida para que me entiendas mejor y sobre todo espero que mi historia te pueda ayudar. De todo se aprende y hay que buscar un final feliz. Aprendí que por muy enamorada que se esté nunca hay que dejar a los buenos amigos de lado. Yo cometí ese error, me centré tanto en Peter que no tenía tiempo para nadie más. Antes de regresar a España me reuní con el grupo de los inseparables y les pedí perdón por no haber estado más tiempo con ellos. Todos me comprendieron y me confesaron que a ninguno les gustaba Peter porque me manejaba a su antojo, pero por respeto nunca me lo comentaron. A día de hoy los cinco seguimos en contacto y una vez al año intentamos reunirnos en alguna ciudad de Europa. Además, siempre que tenemos algún problema nos llamamos y nos consolamos. El poder de la amistad.

»Cuando regresé a Madrid no sabía qué iba a hacer. Necesitaba un tiempo para serenarme, centrarme y organizar de nuevo mi vida. Lo primero que hice fue llamar a mis amigas, no sabía si me aceptarían de nuevo en la pandilla, había pasado mucho tiempo y quizá ya no quisieran saber nada de mí, pero reaccionaron bien y comencé a salir.

»Eran los años ochenta, Madrid estaba de moda. La cultura alternativa, el arte y sobre todo la música reinaban en la ciudad. Gracias a la movida madrileña no me costó trabajo adaptarme a mi nueva situación. Salía prácticamente todas las noches con dos amigas con las que había simpatizado. A las tres nos encantaba la música y nos conocíamos todos los bares con música en directo. Fue la etapa más divertida de mi vida, no recuerdo haber bailado y cantado tanto como en aquella época. Me sabía de memoria todas las canciones de los grupos musicales españoles de moda: Nacha Pop, Los Secretos, Tequila, Tino Casal, Radio futura, Gabinete Caligari, Alaska y los Pegamoides, Mecano... ¡Qué bien me lo pasé! En cierta forma agradecí no estar con Peter y poder vivir la movida madrileña al máximo.

»Me sentía bien en Madrid y decidí buscar trabajo, pero lo único que ofertaban eran puestos de traductor que me resultaban bastante aburridos. Como tenía dinero ahorrado para poder salir de marcha y permitirme algún que otro capricho, preferí esperar hasta encontrar algún trabajo que me gustara más.

»En una de mis salidas nocturnas me encapriché del batería de un grupo musical y hasta me fui con ellos de gira, pero solo aguanté una semana. Echaba de menos mis noches madrileñas y regresé a casa. Fue una etapa divertida y alocada. Salí con varios hombres encantadores, pero no me enamoré de ninguno.

»A veces hasta de lo bueno uno se cansa. Empecé a sentir la necesidad de trabajar en algo que me llenara y sabía que no iba a encontrar ningún trabajo que me gustara tanto como el que realizaba en la empresa de Londres y determiné volver.

»Los dos años que pasé en Madrid me sirvieron para olvidar por completo el amor profundo que había sentido por Peter. Ahora estaba preparada para regresar y retomar con fuerzas e ilusión mi trabajo.

»Cara y Elda vivían en Londres. Las dos habían encontrado trabajo y compartían un apartamento. Al principio me fui a vivir con ellas hasta que cobrara mi primer sueldo y pudiera alquilar un apartamento.

»La empresa me recibió con los brazos abiertos. Me habían puesto un pequeño despacho para mí sola. Estaba ilusionada y con muchas ganas de trabajar, viajar y hacer esas peculiares colaboraciones.

Llevaba solo una semana en la empresa cuando recibí una carta anónima. Con curiosidad, la abrí:

«Querida Matilda me alegro que hayas regresado. Desde que te marchaste no ha habido un solo día que no pensara en ti. Te llevo siempre en mi cabeza y en mi corazón. Ni la distancia ni tu indiferencia han podido borrar ese gran amor que siento por ti. Espero que aceptes verme. Peter»

Sabía que en cualquier momento podía tener noticias suyas y estaba preparada para ello, pero aún así, me emocioné al leer la carta. Al cabo de media hora llamaron a la puerta de mi despacho y ante mí, apareció Peter. Hacía tiempo que no me quedaba hipnotizada ante un hombre, no podía apartar mis ojos de él. Observaba como se acercaba, pero no podía hablar. Por suerte algo se iluminó en mi cabeza y reaccioné. Le saludé afablemente. Me explicó que no se había podido olvidar de mí y, que si yo estaba dispuesta a volver con él, se separaría de su mujer. Le contesté que si tomaba la decisión de separarse debía de ser por él mismo, no por mí. No podía asumir el hecho de ser la responsable de romper una familia con dos niños pequeños. Ese peso siempre iría conmigo y me impediría ser feliz con él. Me pidió que por lo menos nos siguiéramos viendo como amigos y quizá más adelante cambiara de opinión, pero sabía que estar en contacto con él era peligroso para mi corazón y le respondí que no. Ante mi negativa me suplicó que por lo menos le dejara llamarme de vez en cuando solo para saber cómo estaba. Me pareció bien, siempre y cuando fuese un contacto esporádico.

»A los tres meses de llegar a Londres me fui a vivir a un precioso apartamento en la zona del Soho. Cara, Elda y yo estábamos muy unidas y, aunque ya no viviera con ellas, salíamos siempre que podíamos de compras, íbamos a musicales y todos los viernes nos reuníamos para cenar juntas.

»Mis colaboraciones con la empresa cada vez eran más frecuentes. Viajaba mucho incluso a veces estaba meses en otros países. Peter me llamaba de vez en cuando para saber cómo me encontraba, pero conforme iban pasando los años, lo notaba más frío y distante. Pensé que, o había perdido el interés o la esperanza de volver conmigo, tal vez ya solo me llamara por el vínculo que nos unía con la empresa.

»En uno de mis viajes conocí a un hombre especial. La empresa me mandó de intérprete a Texas, a una conferencia sobre tecnología de la información en la ciudad de San Antonio que duraba una semana. Acostumbrada a viajar, en mi casa tenía preparada varias maletas de distintos tamaños y la ropa necesaria para el país al que tenía que acudir. Ganaba bastante dinero y me lo podía permitir, odiaba tener que hacer el equipaje y de esa manera lo tenía ya todo organizado. Guiada por una intuición, aunque solo iba a estar una semana, para esa ocasión elegí la maleta más grande.

»Era la primera vez que iba a San Antonio. La conferencia no era muy importante y esta vez solo tenía que realizar la labor de intérprete, no me habían encargado ninguna colaboración. Cuando trabajo, nunca me fijo en los hombres, es parte de mi ética profesional, sin embargo, esta vez ocurrió.

»Entre los conferenciantes, había un señor de unos cuarenta años que me llamó la atención. No era el típico en el que me fijo habitualmente; pelirrojo, de piel sonrosada y algo rellenito. En cuanto lo vi, me quedé fijamente mirándolo, extasiada, como hipnotizada y, cuando me miró, una amplia sonrisa apareció espontáneamente en mi rostro. A la hora del *Networking*, observé cómo me buscaba entre la gente hasta que me localizó y se acercó. Se llamaba John, vivía en San Antonio y era propietario de varias empresas.

No nos separamos en toda la semana. Me enseñó la ciudad, las mejores tiendas, los mejores restaurantes. Era un hombre espléndido y encantador. Congeniamos a la perfección y me pidió que me quedara una semana más para enseñarme su rancho. Sin pensarlo dos veces, llamé a la empresa y me concedieron un permiso.

»El rancho estaba situado en un valle rodeado de colinas con un hermoso lago. Además de la casa principal, contaba con una de huéspedes. En el lateral derecho había una enorme piscina y a continuación una cancha de tenis. Me pareció el lugar ideal para pasar unas pequeñas vacaciones en contacto con la naturaleza.

»John estaba en todo momento pendiente de mí, quería que me sintiera bien y que no me faltara de nada. Era muy rico, vivía en la ciudad de San Antonio, pero realmente donde a él le gustaba estar era en el rancho con sus caballos. Se había casado dos veces y no tenía hijos. Me sentía muy bien a su lado; siempre se estaba riendo, tenía un carácter dulce, apacible y en sus ojos podía ver que se estaba enamorando. Y acerté. Me propuso que dejara mi trabajo y me fuera al rancho a vivir con él. Al principio no me lo tomé en serio, pero cuando me pidió que me casara con él, comprendí que lo decía de verdad. Pensé que John podía ser un hombre impulsivo, caprichoso. Había estado casado dos veces, quizá con sus dos mujeres hubiera actuado igual. Pero estaba equivocada. Un día conversando sobre sus anteriores matrimonios me contó que el fallo había sido por culpa de su trabajo, demasiadas horas fuera de casa. Conmigo quería cambiar. Estaba dispuesto a quedarse a vivir en el rancho, dejaría a uno de sus hombres de confianza a cargo de sus empresas y solo iría a la ciudad una vez a la semana. El hecho de vivir conmigo en el rancho tenía una explicación. John me había confesado que ninguna mujer lo había mirado tan fijamente como yo lo hice en la conferencia y le había explicado que a veces tenía ese pequeño problema; cuando me atrae un hombre me quedo como hipnotizada mirándole fijamente. John tenía miedo de que conociera a alguien que me gustara y me pasara lo mismo que con él. Pensaba que allí, lejos de la civilización, podríamos ser felices sin miedo a que volviera a aparecer mi problema.

»Todo fue muy rápido. Regresé a Londres, hablé con la empresa y les comuniqué que temporalmente dejaba por segunda vez el trabajo. No me pusieron ningún inconveniente y me volvieron a dejar las puertas abiertas. Después de recoger todo el apartamento y despedirme de mis amigas, tomé un vuelo a San Antonio, estaba dispuesta a vivir esta nueva aventura que me brindaba el destino.

»La vida en el rancho me aportó paz, armonía y estabilidad emocional. Aprendí a montar a caballo y a cuidar del ganado. Todas las mañanas después de correr unos kilómetros por las cercanías del lago me bañaba en la piscina y luego ayudaba a los hombres con el ganado. Me estaba volviendo una auténtica texana y me gustaba. John constantemente me imploraba que me casara con él, pero yo no quería dar el paso. En esos momentos era el único hombre con el que quería estar, pero no sentía un amor profundo por él. Como excusa siempre le decía que estábamos tan bien juntos que no necesitábamos casarnos. Al final desistió y se conformó con tenerme siempre a su lado.

»Poco a poco me fui enamorando de la vida que llevaba en el rancho. El momento del día del que más disfrutaba era al atardecer, cuando John y yo paseábamos a caballo por los bellos parajes de su extensa propiedad.

»Los tres años que pasé junto a él, fueron los más productivos de mi vida, en el sentido de que alcancé madurez psicológica y emocional. Nunca me había sentido tan segura y era debido a la forma en que me valoraba John. Sacaba todo lo bueno que había en mí e intentaba que no le diera importancia a los pequeños defectos que podíamos tener. Era el hombre más bueno, sincero, comprensivo y generoso que había conocido. Vivir con él era un regalo, pero por desgracia mi pequeño problema volvió a aparecer.

»Una mañana nos vino a visitar el mejor amigo de John. Trabajaba y vivía en New York desde hacía muchísimos años. Su padre recientemente había fallecido y tenía que encargarse durante un tiempo de los negocios de la familia. Era muy atractivo y sin darme cuenta durante la comida me quedé embobada mirándole fijamente. John no lo notó, pero él sí. Con una absurda excusa, me levanté de la mesa y me fui a mi cuarto. Me sentía fatal, no quería que me volviese a suceder; mi vida era perfecta con John y no lo quería perder.

»Al día siguiente, el amigo de John, William, regresó. Con el pretexto que tenía muchas cosas por organizar los dejé solos. En todo momento intentaba no encontrarme con él, pero era inevitable. William día tras día venía al rancho, y John lo invitó a pasar unos días con nosotros. Una mañana cuando me encontraba dándome un baño en la piscina se acercó y me sonrió. No pude evitar sentir una fuerte atracción. Salí del agua y cogí una toalla para secarme. William me observó, sus ojos delataban deseo. Nos quedamos fijamente mirándonos; lentamente se fue arrimando hasta que pude sentir el contacto de su piel. Por suerte reaccioné a tiempo, tiré la toalla y salí corriendo hacia la casa. Subí las escaleras y me encerré en el dormitorio. Estaba nerviosa, odiaba que me sucediera eso, no quería sentirme atraída por él, pero sobre todo, no quería hacerle daño a John. Prefería tener que sufrir yo antes que sufriera él. Así que tomé una triste resolución.

Por la noche le expliqué a John lo que me estaba ocurriendo con William y que había pensado en volver a Londres. Fue una decisión muy dura, ninguno de los dos queríamos separarnos, pero John era consciente del problema que tenía y, aunque viviéramos alejados de la civilización, sabía que podía volver a ocurrir. Lo peor para él era que me hubiera sucedido con su mejor amigo; no podría soportar vernos juntos y comprendió que lo mejor para los dos era que regresara a Londres.

Pensarás que fui cobarde, que en vez de hacerle frente a mi problema decidí huir. Pero no podía hacer otra cosa, pues sabía que el amor que sentía por John no era tan fuerte como para poder vencer la atracción que sentía por William.

—No, no pienso que fueras cobarde, todo lo contrario, fuiste sincera y honrada con John. Podías haber vivido un romance con William, quién sabe, a lo mejor era el hombre de tu vida y no lo hiciste por no dañar a John.

—Sí, fue otra de las decisiones difíciles que tuve que tomar. Como me pasó con Peter, antepuse el bien de los demás antes que mi corazón. A veces pienso que soy algo estúpida por ser demasiado integra y actuar según mis convicciones, pero si procediera de otra manera no me sentiría bien conmigo misma. He aprendido que si eres generosa con los que te quieren bien, la vida te lo recompensará de alguna manera. Y así fue.

»Cuando dejé mi trabajo en Londres para irme a vivir al rancho, John me hizo firmar unos documentos en los que me cedía unas participaciones de una de sus empresas. El motivo era que quería compensarme por haber dejado de trabajar. Una vez en Londres, John me mandó un cheque con las ganancias que había obtenido con mis participaciones. Le expuse que renunciaba a ellas, era muchísimo dinero y eran fruto de su esfuerzo. Pero se negó. Tenía muy claro que mientras la empresa obtuviera beneficios seguiría recibiendo ganancias. Con parte de ese dinero me compré la casa de Monte Gordo y otros bienes.

—Entonces... eres rica. Tía Mati, ahora comprendo algunas cosas, pero sigo teniendo algunas dudas.

—¿Sobre qué, Paola?

—Siempre me has dicho que eres soltera por convicción. Una de mis dudas es si es porque crees que nunca te vas a enamorar como lo hiciste de Peter o es debido a tu pequeño problema.

—Por las dos cosas. Para no sentirme atraída por ningún hombre debo de estar profundamente enamorada y eso es muy difícil que me suceda. Estando soltera, disfruto de la vida, conozco gente nueva, viajo y no me preocupa el quedarme hipnotizada por algún hombre. En el caso de haber formado una familia estaría siempre angustiada por mi problema.

—En el fondo puede ser debido a que no te hayas vuelto a enamorar de verdad. Tienes que ser una mujer con mucha suerte porque según me cuentas, cada vez que te atrae algún hombre él te corresponde.

—No siempre, pero sí la mayoría de las veces. Es algo que me he cuestionado constantemente y la única respuesta razonable que he encontrado es que cuando me quedo mirando fijamente a un hombre y le sonrío, causo un efecto extraño que los atraigo. Ten en cuenta que a todos les encanta gustar a las mujeres, su ego se refuerza y suelen sentirse en un principio atraídos. Después depende de si congeniamos o no. Tengo un carácter alegre, desenfadado. La convivencia conmigo es bastante fácil, aunque también tengo mis manías y mis días malos. Además, creo que todo va unido al factor suerte. Con respecto a ellos he aprendido que solo me interesa estar con un hombre que me haga crecer como persona.

—Tienes una vida intensa y emocionante, aunque pienso que lo tuviste que pasar mal por tener que dejar a John y tu vida en el rancho.

—Durante un tiempo estuve muy triste y me sentía muy sola. Pero a cada acontecimiento negativo que me trae la vida, le busco un final feliz y mi felicidad ahora estaba en el trabajo. La empresa me recibió de nuevo con los brazos abiertos y comprendí que era muy importante para ellos. El rancho me daba paz, bienestar, pero tenía que continuar trabajando, para ello me había esforzado durante muchos años y me aportaba actividad, vida, desarrollo personal e intelectual.

—¿Volviste a ver a Peter?

—Sí. A los pocos días de volver a Londres vino a verme un día a la empresa. Seguía igual de guapo. En el fondo tenía la esperanza de que se hubiera separado, pero continuaba casado. Me comentó que había hablado con un abogado para comenzar los trámites para iniciar la separación. Peter quería que fuéramos amigos, que saliéramos a cenar de vez en cuando, en cierta forma quería volver a retomar la relación. Pero no era buen momento para mí, acababa de dejar a John y necesitaba un tiempo para recomponer y sanar mi corazón. Hay ocasiones en la vida en las que el amor no puede surgir simplemente porque no es el momento adecuado.

—¿Y qué fue de John?

—Nos mantuvimos en contacto y al cabo de unos meses me pidió que fuera a visitarle y así lo hice. Durante varios años he vuelto en varias ocasiones al racho; solicitaba un permiso o aprovechaba algún viaje que tuviera que realizar de trabajo a los Estados Unidos. John y el rancho llenaban una parcela de mi vida que estaba algo vacía. Esto duró unos años, hasta que se casó. Es un hombre dependiente y necesita una mujer a su lado, algo que yo no le podía dar. Hace unos meses me llamó para decirme que se había separado otra vez por la misma causa, su trabajo lo absorbía tanto que no estaba casi nunca en casa y su mujer se cansó. Vivían en la ciudad. Me dijo que por la única mujer que había dejado la ciudad para vivir en el rancho había sido por mí.

—Quién sabe, lo mismo terminas casándote con él o con Peter.

—Ahora tengo una bonita relación con un compañero de la empresa. Estoy muy ilusionada.

—Por lo que veo no has perdido la facultad de atraer a los hombres.

—Cada vez menos y, pese a mi edad, me sigo hipnotizando, aunque esta vez, el que se hipnotizó fue él. Llegó a la empresa hará unos seis meses y en cuanto me vio, me invitó a cenar. Por suerte nunca me enamoro ni me atrae ningún compañero de trabajo, salvo con John, nunca más me ha vuelto a suceder. Mi cabeza distingue entre trabajo y diversión y no los veo como a hombres.

Alan es bastante más joven que yo, aunque como habrás comprobado, con todos los arreglos que tengo, no aparento mi edad. Al principio me negué, pero día tras día insistió hasta que consiguió que saliera a cenar. Al estar fuera del entorno laboral me fijé en él como hombre y surgió la atracción. Llevamos la relación en secreto. Estamos todo el día juntos, en el trabajo, en mi casa, incluso hemos realizado alguna que otra colaboración en común. Estoy viviendo una etapa muy dulce en mi vida, creo que me estoy enamorando de verdad.

—Tía Mati, no paras… Tu vida es tan interesante que ahora la mía me parece de lo más aburrida. Lo más extraño que me ha sucedido es Logan, del que me tienes que hablar. Y también me tienes que contar qué es lo que pasó en Portugal. ¿Has averiguado quiénes son Martín y Alfred?

—Tu amigo Martín, es real. Muy trabajador, separado con un hijo, vive en Valencia y visita con frecuencia Barcelona. Está limpio y por las fotos que he visto de él parece un hombre muy atractivo. Paola, ¿no te gustó aunque fuera solo un poco Martín?

—Me parece un hombre guapo y muy agradable, pero con poca conversación. Además, tengo algunas dudas sobre su verdadera forma de ser. Su hijo me contó que siempre está persiguiendo a su exmujer, aunque no sé si es solo una invención del niño. Y, ¿qué has averiguado de Alfred?

—Alfred no es quién te dijo ser. Su verdadero nombre es Adolph y creemos que fue él quien robo el disco.

—La verdad es que no entiendo para qué quieren un LP rayado, es absurdo.

—Ese disco tiene una serie de claves, es lo único que por ahora te puedo decir. Lo guardé entre mi colección pensando que allí estaría protegido, pero no fue así.

—¿Y cómo lo descubrió?

—Te habrás dado cuenta que muchas veces te llamo desde números de teléfonos desconocidos y que en algunas ocasiones te he prohibido que me llames a mi número de teléfono personal. Es por seguridad, existe la posibilidad de que me puedan estar escuchando. No es habitual, pero por mi trabajo debo ser cautelosa. En esta ocasión debieron oír nuestra conversación y nada más saber que estabas en mi casa de Monte Gordo mandaron al falso Alfred. Por casualidad el día que pusisteis el disco rayado del grupo Camel, él estaba allí y lo escuchó. Enseguida se daría cuenta que ocultaba algo y se las ingenió para robarlo. Te estaría espiando y cuando vio la oportunidad, entró en la casa y se lo llevó.

—Entonces, cuando me decía que se iba unos días fuera a jugar al golf, era mentira. Me estaba espiando.

—Así es. Una vez que consiguió su objetivo se marchó. Por eso no supiste más de él. También creemos que realizó las llamadas anónimas que recibiste.

Me quedé pensativa. Durante el tiempo que estuvo el falso Alfred en Monte Gordo me había espiado. Recordé mis románticas cenas solitarias a la luz de la luna chateando con Logan, era parte de mi intimidad y creía que nadie me estaba viendo y ahora sentía pudor por el solo hecho de saber que me pudieran haber estado observando.

—¿Lo habéis localizado?

—Todavía no. Mis compañeros están trabajando sobre el caso Adolph. Es un asunto muy difícil, no sabemos cómo han conseguido mi número de teléfono, ni para quién trabaja, ni si podrá descifrar las claves del disco rayado. Espero que todo se resuelva pronto, estoy muy preocupada porque me incumbe personalmente.

—¿Tiene algo que ver el falso Alfred con Logan?

—No, nada. Son dos cosas distintas que han surgido en el mismo tiempo.

—Y las dos me han sucedido a mí. ¿Por qué? Necesito que me cuentes todo lo que sepas de Logan.

—Claro, Paola. Si te parece, vamos a alguna cafetería, así conozco algo de esta ciudad. Necesito despejarme un poco antes de explicarte lo que he descubierto.

—Estupendo, te llevaré a una de las cafeterías del barrio Le Plateau.

Nos sentamos en una mesa solitaria situada en un pequeño rincón de la cafetería. Tía Mati la eligió porque decía que necesitábamos intimidad. Pidió un café solo y yo uno con leche acompañado por un trozo de tarta de chocolate.

—Tía Mati, por favor, dime quién es realmente Logan.

—Cuando estaba en el avión, pensé una y otra vez cómo iba a comenzar a contártelo y ahora que te tengo delante, no sé por dónde empezar.

—Da igual por dónde comiences, lo quiero saber todo.

—Bien, te explicaré lo que hemos averiguado hasta el momento. A través de las redes sociales se puede conocer personas reales muy interesantes de las que mucha gente se ha llegado a enamorar y se han casado. Pero también hay hombres y mujeres que no son reales, con perfiles falsos que fingen ser alguien que no son y, por desgracia, tu querido Logan, es uno de estos últimos. En mi empresa no tratamos estos temas y, aunque siempre hemos sabido los peligros que hay en la red, es la primera vez que indagamos sobre este asunto y en tan poco tiempo solo nos hemos podido informar de lo más elemental.

—¿Qué es lo que pretenden esas personas que tienen un falso perfil?

—Engañar, estafar. Bajo una falsa identidad fingen estar locamente enamoradas de alguien con el solo propósito de ganar su confianza y timarlas. En la mayoría de los casos su objetivo es conseguir dinero, pero también pueden querer robar la identidad o blanquear dinero. Estas personas pueden actuar individualmente o en grupo. Las fotos que mandan pueden ser reales o como en la mayoría de los casos tomadas de sitios públicos, como las redes sociales.

—Vaya, no tenía ni idea de que pudiera existir ese tipo de sujetos.

—Normal, tú no utilizas ni páginas de contacto ni conoces a personas a través de las redes sociales.

—Sin embargo, tengo muchas amigas que si han contactado con hombres a través de las redes y a ninguna le ha sucedido algo así. No entiendo por qué me eligió a mí.

—Paola, has sido víctima de una tentativa de estafa romántica. Antes que nada quiero decirte que ni has sido la primera ni la última en caer en este tipo de engaño. Son miles las mujeres y hombres que se han dejado llevar por el romanticismo. El FBI lleva mucho tiempo detrás de estos estafadores, aunque es muy difícil cogerlos porque continuamente cambian de identidad y la falta de colaboración entre los distintos países dificulta seguirles la pista.

—¿Me estás diciendo que he tenido un romance virtual con un estafador posiblemente perseguido por el FBI?

—En cierta forma, así es. Por lo que me has contado y por lo que hemos averiguado a través de sus fotos, has sido víctima de un engaño, en el aspecto sentimental. Por suerte todo ha ocurrido muy rápido y no le llegaste a ayudar económicamente. Quizá, si el falso romance hubiera continuado más tiempo, te hubiera seguido lavando el cerebro y hubiera conseguido consumar la estafa.

—Es posible. Ahora me alegro de haber asumido el riesgo de venir hasta aquí. Dices que según lo que te he contado sabes con seguridad que se trata de una tentativa de estafa romántica, ¿por qué?

—Los estafadores siguen una serie de pautas. Primero hacen muchas preguntas a su víctima, la estudian y se convierten en la pareja perfecta. Son tremendamente románticos y enseguida quieren iniciar una relación seria. Después, una vez que se convierten en el centro de su vida y saben que la víctima estaría dispuesta a hacer cualquier cosa por verlo y estar con él, comienza la segunda fase. Aquí es cuando surge algún imprevisto, un viaje, un accidente, un robo, un familiar enfermo... Entonces ante su desesperación, piden ayuda, por regla general, dinero. Están solos y su pareja es la única persona que los puede ayudar. Dependiendo del grado de enamoramiento en que se encuentre la víctima, accede directamente a ayudarlo o le pone impedimentos porque comienza a desconfiar. En este caso, comienza la fase de lavado de cerebro. De pronto todos los problemas se solucionan, la víctima comienza a recobrar confianza y el engaño continúa...

—Así actuó Logan conmigo, qué fuerte. Tuvo que pensar que estaba loca por él. Reconozco que como estaba sola él me hacía sentir acompañada y siempre que me escribía le contestaba de inmediato.

—Sobre todo suelen elegir a personas que se sienten por algún motivo solas, son sensibles y buscan el amor. Son las presas más fáciles de engañar.

—Y yo estaba sola en Monte Gordo y con todo el tiempo del mundo para dedicarme a él. Si lo hubiera conocido en época de trabajo, no creo que al principio le hubiera prestado tanta atención. Pero una vez que comienzas a tener una relación con este tipo de hombres es muy difícil dejarla sin más, te vuelves adicta a sus mensajes. Entiendo a todas las mujeres que por querer ayudarles hayan caído en la trampa de darles dinero.

—Mujeres y hombres, aunque con ellos actúan de otra forma. Los estafadores son perfectos en el amor. Según un informe de la policía son de sobresaliente. Es su trabajo y lo realizan a la perfección, no se dejan ningún cabo suelto e incluso se han vuelto expertos en perfiles psicológicos; hombres atractivos, con estudios universitarios, viudos en busca del amor, ingenieros, militares... Hay donde elegir. Para estafar a los hombres utilizan más el aspecto físico.

—Por lo que cuentas hay varios tipos de estafas.

—Sí, aunque todas tienen en común que te engañan para conseguir algo y en la mayoría de los casos no llegas a conocer nunca al estafador. Nosotros nos hemos centrado en la que te repercute a ti y que proviene de África. El delito está tipificado dentro de la llamada *estafa Nigeriana o fraude 419,* así llamado porque las estafas violan la sección 419 del código penal de Nigeria. La estafa Nigeriana no proviene solo de Nigeria, puede provenir también de otros países como Ghana, Costa de Marfil o Senegal. Son grupos organizados, por regla general, no actúan solos. Trabajan por turno y estos hombres, bajo una identidad falsa engañan tanto a mujeres como hombres. Tú has sido testigo de cómo trabajan. En los ordenadores viste dos fotos de mujer y una de un hombre.

—Entonces, cuando un hombre que es víctima de este tipo de estafa se cree que está hablando con una mujer, ¿lo que realmente hay detrás es otro hombre?

—En determinados casos, sí, pero no siempre es así.

—Me estoy sintiendo fatal, creo que me va a dar un ataque de ansiedad.

—Siento que te haya sucedido esto, pero es mejor pasarlo una temporada mal que vivir más tiempo engañada.

—Llevas razón, pero no sabes el dolor que me produce el saber la verdad. Dices que casi nunca se llega a conocer al estafador, sin embargo, yo sí he conocido a Logan.

—Paola, Logan no existe.

—Que sea un timador no significa que no exista. Yo lo he visto y he estado con él.

—Has conocido a una persona que se ha hecho pasar por alguien que no es real. Su identidad es falsa. Ni es francés, ni tiene una galería de arte, ni es viudo, ni tiene dos hijos, ni se ha muerto la madre, ni vive en Francia. Todo es falso y él también. El hombre con el que estuviste el otro día puede formar parte de un grupo. Tú misma viste como un hombre africano contestaba a tus mensajes.

—Si todos sus mensajes me los enviaba desde África, ¿quién es el hombre francés con el que estuve la otra noche? Por su físico se parecía al de las fotos que me mandó Logan.

—Las fotos. Ese es otro tema del que te tengo que hablar. De la primera foto que te mandó no tenemos datos. Según dices, el hombre con el que estuviste se parece bastante al de esa foto, por lo que es posible que sea el mismo, lo que no significa que sea francés ni que viva en Francia. Con respecto a la foto que te envió con sus hijos, hemos averiguado que se trata de un actor argentino.

—¿Cómo? No me lo puedo creer.

—La foto está publicada en las redes sociales. Se trata de un actor con sus dos hijos. Como te he contado toman la identidad de otras personas.

—Pensé que se las habría hecho en distintas épocas del año, los dos son muy parecidos.

—Sí, son similares. Han tenido que escoger a este actor por su parecido físico con él. Son listos. Saben lo importante que es el amor para las personas y lo utilizan para sacar provecho. Lo malo es que son demasiado buenos en su trabajo, brillantes y por tanto, peligrosos. Están especializados en este tipo de estafas, es su *modus vivendi*.

—Y yo, como tonta, he caído en sus redes. Tanto estudiar y esforzarme en mi carrera profesional y sin embargo me engañan en el amor.

—Créeme, por lo que hemos investigado, es muy fácil caer en su trampa.

—Me siento, tonta, ingenua, estúpida. No sé cómo me ha podido pasar esto.

—Porque son perfectos en su trabajo. Se dedican a engañar, estafar y están muy bien preparados. Por suerte no has sufrido un daño económico, pero sí sentimental y psicológico que en mi opinión es lo peor. Ahora tendrás que pasar una especie de duelo, como si Logan hubiera muerto, aunque realmente no exista. Yo te ayudaré. Sabes que en mi vida he pasado diversas etapas y de cada una de ellas he aprendido algo y le he buscado un final feliz. Te recomiendo que hagas lo mismo que yo. Sé que esta historia de estafadores, engaños y mentiras es muy fuerte de sobrellevar, pero piensa que es solo una etapa de tu vida, has sido una víctima más y lo tendrás que superar.

—Es difícil asimilar lo que me ha pasado, todavía pienso que estoy soñando y que cuando me despierte, tú no estarás aquí y Logan me llamará para vernos.

—No pretendas digerirlo rápidamente, tómate tiempo. Muchas personas cuando son conscientes del engaño se aferran a que su amor es real y desesperadamente quieren continuar la idílica relación. No es fácil, sois víctimas de unas malas personas muy bien preparadas. Con sus estafas ganan muchísimo dinero.

—Necesito saber quién es el hombre con el que estuve la otra noche. Puede que la mayor parte de los mensajes los redactara él. Esa forma tan particular de ver la vida, la felicidad, el amor, la lealtad. Quizá todo eso lo escribiera él.

—No lo creo. Son guiones que tienen preparados y a ti te tocó el del viudo romántico en busca de la mujer de su vida.

—Pero a veces me contestaba inmediatamente a preguntas que yo le hacía.

—Como ya te he dicho, son muy buenos en su trabajo. No todo lo tienen elaborado, pero saben qué es lo que tú necesitas escuchar. Tengo el presentimiento que el tal Roi, puede ser el hombre con el que estuviste la otra noche.

—¿Roi? ¡Lo que me faltaba! Le tengo una manía...

—Puede ser uno de los jefes del grupo de los estafadores, tendré que averiguarlo.

—Me siento fatal, tengo muchas ganas de llorar.

—Llora todo lo que quieras, desahógate, te vendrá bien.

Entre lágrimas escuché una llamada de teléfono.

—¿Sí?

—Amiga Paola, soy Enam.

—Hola, Enam. ¿Dónde estás?

—Le estoy llamando desde el hotel.

—Enam, enseguida voy. Espérame allí.

Secándome las lágrimas con un clínex le dije a tía Mati que nos teníamos que ir al hotel.

Enam nos estaba esperando sentado en uno de los sofás del *hall*.

—Tía Mati, este es mi amigo Enam.

—Hola, Enam. Paola me ha hablado mucho de ti. Sé que la estás ayudando y te doy las gracias.

—Gracias, señora. Ella también es muy amable conmigo.

—Tía Mati, quiero ayudar a Enam y a su madre, son buenas personas y se merecen vivir mejor.

—Dime, Enam, ¿le has contado a alguien lo que visteis Paola y tú el otro día en el edificio?

—Sí, se lo dije a mi madre y me ha dicho que le advierta a Paola que se vaya de Abiyán cuanto antes. También opina que no debemos hablar de este tema con nadie.

—¿Qué es lo que sabe tu madre sobre esos hombres que visteis en la oficina?

—Que son malas personas. Se dedican a enamorar a las mujeres y luego las dejan. Mi madre dice que el hombre del que estuvo enamorada durante un tiempo era uno de ellos, un *guy*. Ganaba mucho dinero.

—¿Sabe tu madre dónde trabaja esa persona? —le preguntó tía Mati.

—Ya no trabaja como *guy*. Hace unos años con el dinero que ganó montó un negocio en Yamusukro. Mi madre dice que Paola se aleje de su novio, no es real, solo quiere engañarla y puede estar utilizando su foto.

—¿Mi foto? ¿Para qué?

—Yo te lo explicaré —dijo tía Mati—. A veces estos estafadores utilizan las fotografías que les envían sus víctimas para utilizarlas como perfiles falsos bajo otra identidad.

—O sea, que pueden estar utilizando mis fotos con otro nombre engañando a otras personas. ¿Y cómo puedo saber si me han robado la identidad?

—Ya lo investigaremos más adelante, antes tenemos que resolver varias cosas.

—Enam, ¿reconoces a este señor? —le pregunté mostrándole la primera foto que me mandó Logan.

—Se parece mucho a Roi. ¿Quién es?

—Es lo que quiero averiguar. Tengo que ir a ver al tal, Roi, personalmente. Es la única forma de saber si es el hombre con el que estuve la otra noche. ¿Sabes dónde puede estar en este momento?

—Lo más seguro que esté en el bar de siempre. Si quieres te acompaño.

—Es demasiado arriesgado. Mejor iré yo con Enam. Le haré una foto y así podrás saber si es él —propuso tía Mati.

—De acuerdo. Enam, ¿te importaría llevar a tía Mati al bar dónde suele ir Roi?

—No me importa. Yo la llevaré hasta él.

—Gracias, eres estupendo y te aseguro que te voy a ayudar tanto como tú a mí.

—Paola, quédate en el hotel y no salgas a la calle para nada. Si necesitas algo pídelo en recepción.

—De acuerdo. Os esperaré impaciente.

Cuando se marcharon subí a mi habitación. Las lágrimas contenidas comenzaron a brotar cada vez con más fuerza. Sentí una gran opresión en el estómago y la sensación de angustia se apoderó de mí. Había recibido demasiada información de golpe y, aunque sabía que tía Mati decía la verdad, necesitaba verlo por mí misma. En mi móvil entré en Google y busqué las palabras «estafas románticas». Me sorprendió ver que había varias páginas que hablaban sobre el tema. Añadí la palabra, francés, y aparecieron algunas en este idioma. Utilizando el traductor abrí la primera página y para mi asombro aparecía un artículo titulado «el francés que enamora a las mujeres». Como era bastante extenso para verlo a través de mi móvil se me ocurrió bajar a recepción y pedirles un ordenador público.

No tuve problemas. Enseguida me dieron acceso a uno de los ordenadores. Con curiosidad busqué de nuevo la página. El artículo hablaba de las estafas románticas y decía que podía tratarse de grupos criminales. Venía un capítulo de un hecho real en que la policía había hecho de señuelo. Asombrada pude observar la imagen de un testamento exactamente igual al que me mandó Logan. Lo único que cambiaba era el nombre y la cantidad de dinero a heredar. Cuando comencé a leer mi corazón se paralizó durante unos segundos. Era la misma historia que Logan me había estado contando sobre el legado de su madre y en este caso la víctima iba a mandarle la cantidad que necesitaba, setecientos euros. A mí me pidió cuatro mil euros, debía ser que valoraba a las personas según su capacidad económica y conmigo se había equivocado.

A continuación entré en Facebook y busqué el nombre del actor argentino para comprobar si realmente era suya la foto que me había mandado Logan. Era un actor muy atractivo, con una amplia sonrisa y brazos musculosos. Se parecía a Logan, pero no era exactamente igual. Tenía un álbum con cientos de fotografías. Una tras una las fui mirando hasta que en el año 2013 la localicé. Era la misma foto que me había mandado Logan con sus hijos. Guiada por una intuición me dispuse a ver los videos que aparecían de ese mismo año.

Primero sentí un leve mareo, después, escalofríos. Me quedé absorta mirando una y otra vez el video que tenía ante mis ojos. Era su cara, su ropa, el mismo hotel; lo tenía grabado en mi mente desde que conecté con él por Skype. Según explicaba era parte de una escena de una de sus películas.

No quise seguir leyendo más. Apagué el ordenador y subí a mi habitación. Mi romántico mundo con Logan había sido una gran mentira. Ahora comenzaba a tomar verdadera conciencia de ello. Me sentía muy mal, pero me había quitado un peso de encima al abrir los ojos y ver la cruda realidad. Había mantenido una falsa relación bastante peligrosa; tenía sed de venganza, necesitaba decirle que sabía la verdad, pero no lo hice. Siempre me había ido bien siendo una persona prudente y sabía que no era el momento adecuado porque estaba demasiado rabiosa y podía cometer alguna equivocación. Ahora no haría nada, pero quedaba pendiente.

Eran las ocho de la tarde cuando recibí una llamada de tía Mati:

—Paola, ¿estás en tu habitación?

—Sí, aquí estoy.

—Bien, en unos minutos estaré allí.

Estaba inquieta, en solo unos minutos saldría de dudas. Prefería mil veces que el hombre con el que había estado la otra noche fuera un auténtico desconocido a que fuera Roi. Lo detestaba y solamente el pensar que le había besado se me revolvía el estómago.

Nada más entrar tía Mati en mi habitación le supliqué que me enseñara la foto.

—Espera un momento, Paola, ni siquiera sabes si la he podido hacer.

—¿La tienes? Dímelo ya, por favor.

—Sí, la tengo. Enam me llevó hasta un bar en la zona de Treichville. Roi no estaba allí. Nos escondidos en un lateral del local hasta que llegó. Disimuladamente pasé junto a él y sin que se diera cuenta le hice una foto.

—Enséñamela —le ordené.

—Este es Roi —dijo tía Mati mostrándome la foto.

—Es él. Es el hombre con el que estuve la otra noche, con el que bailé lento y al que besé. ¡Qué horror! Creo que voy a devolver —dije corriendo hacia el baño.

—¿Estás bien? ¿Puedo ayudarte?

—Estoy bien, tía Mati. Ha sido una falsa alarma debido a la impresión —contesté saliendo del baño—. Desde que llegué a esta ciudad he vomitado ya dos veces y pensaba que esta iba a ser la tercera.

—Paola, debes de marcharte de Abiyán cuanto antes, de hecho ya te he reservado un vuelo para Barcelona a primera hora de la mañana.

—¿A Barcelona?

—Sí, era el primero que había. Te quedarás allí un par de días hasta que me reúna contigo.

—¿No vienes conmigo? ¿Y Raquel?

—No puedes seguir aquí, no deben averiguar que los has descubierto y tú no estás en estos momentos preparada para continuar en contacto con el falso Logan sin mentir. Puede ser peligroso. Yo me quedaré un día más para resolver este asunto. Por Raquel no te preocupes, ya hablaré yo con ella.

—La verdad es que tengo ganas de marcharme de esta ciudad. Desde que leí que los estafadores románticos que actúan desde África pueden pertenecer a grupos criminales tengo un poco de miedo.

—Te entiendo, esas palabras a primera vista asustan, pero porque pertenezcan a un grupo criminal no significa que tengan que ir matando personas por ahí. Estos grupos son los formados por más de dos personas con la finalidad de cometer delitos concertadamente. En tu caso, el delito que cometen estos grupos es la estafa. Todavía no sabemos si se trata de un grupo o de una organización, aunque la finalidad es la misma.

—He visto en Facebook la foto del actor con sus hijos y también un video exactamente igual a la imagen que aparecía cuando contactó conmigo por Skype.

—Lo siento, Paola, eso te habrá causado un gran impacto. Como te he dicho lo planean todo a la perfección. Mientras ellos te ponen un video falso, te están grabando y, puedes ser objeto de robo de identidad. Con las fotos que le has enviado y el video grabado pueden crear un falso perfil.

—Así que en estos momentos pueden estar engañando a algún hombre con mis fotos, pero bajo otro nombre.

—Sí, pero es solo una posibilidad.

—Por eso me pedía tantas fotos… Y, ¿cómo puedo averiguar si han creado un falso perfil con mis fotos?

—Lo investigaré, pero como ya te he dicho, primero tenemos que resolver otros asuntos.

—Quiero irme de aquí, pero antes me gustaría despedirme de Enam y de Eric.

—Enam ya sabe que te vas a ir y lo comprende. Es un chico noble y me voy a ocupar de él y de su madre. Con respecto al notario, he pensado que podíamos quedar para cenar esta noche. Creo que debes comentarle todo lo que ha ocurrido.

—Sí, Eric se merece una explicación y me gustaría verlo antes de regresar a España.

∞∞∞∞∞∞∞

A las diez de la noche llegamos al restaurante donde habíamos quedado con Eric. En cuanto nos vio, nos saludó y nos indicó que fuéramos hasta la mesa donde se encontraba sentado.

—Hola, Eric. Te presento a mi tía Mati.

—Encantado de conocerla. Esta noche tengo la gran suerte de cenar con las dos mujeres más guapas de Abiyán.

—Gracias por el cumplido, pero estoy segura de que estás acostumbrado a cenar con mujeres muy bellas —le dijo tía Mati sonriendo.

—Sí, pero no tanto como vosotras. Mati, has venido a Abiyán, ¿por trabajo o por placer?

—Realmente he venido a ver a mi sobrina.

—Estupendo, así estará más acompañada. ¿Qué preferís cenar, comida francesa o africana? En este restaurante tienen de todo.

—Preferiría probar la cocina africana —respondió tía Mati.

—¿Y tú, Paola?

—A mí me da exactamente igual. La verdad es que no tengo apetito.

—Imagino que tendrás el estomago algo fastidiado después de la juerga de ayer —comentó Eric sonriendo.

—Siento mucho mi penoso comportamiento, no fui una gran compañía, lo siento.

—Por favor, Paola, deja ya de pedirme disculpas. Lo que te pasó ayer, pasado está. Hoy ya es otro día. Hay que olvidar el ayer y disfrutar del presente.

—Opino igual que tú —dijo tía Mati—. Hay que olvidar para dar paso a las siguientes equivocaciones.

Eric y tía Mati entre risas se enfrascaron en una profunda conversación entre el hoy, el ayer y el mañana, entre lo que es y lo que debería ser. Yo los miraba y les sonreía, pero realmente mi mente estaba ajena a este mundo.

—Paola, ¿estás bien? Te noto triste y distante —observó Eric preocupado.

Había llegado el momento de contarle lo que había descubierto sobre Logan. Me daba pudor descubrirme ante él, pero después de respirar profundamente, se lo narré todo del tirón.

—Lo siento, Paola. Te conozco desde hace poco tiempo, pero sé que eres una gran mujer y no te mereces que te hagan algo así. En esta vida tenemos que aprender a sobrellevar todos los sucesos dañinos, incluido el desamor. Eres una mujer fuerte, seguro que pronto te olvidarás de ese imbécil, impostor, estafador, timador, falsificador y canalla llamado Logan. Ahora comprendo por qué llamabas falsos a los hombres de ayer y no me extraña para nada tu comportamiento. No te preocupes, la vida lo pondrá en su sitio y si no, lo haré yo.

—Gracias por tu comprensión, Eric.

Me quedé más tranquila y mi mente regresó al mundo real. Observé que tía Mati y Eric se llevaban muy bien, eran bastantes parecidos; a los dos les gustaba todo lo exquisito, tenían muy buena conversación y eran dos grandes profesionales en sus respectivas ocupaciones. En ese momento sentí celos. Eric estaba encantado con tía Mati, ella le sonreía y le miraba directamente a los ojos. Se notaba que le gustaba, pero por suerte no se quedó hipnotizada con él. Había estado tan obsesionada con Logan que no me había fijado en los innumerables encantos que tenía Eric, pero ya era tarde, en unas horas regresaría a España y lo más seguro es que no lo volviera a ver más.

Al llegar a la puerta del hotel Eric me dijo que quería hablar un momento conmigo a solas. Tía Mati con su particular encanto se despidió de él y quedaron en llamarse por la mañana para intentar solucionar mi asunto.

—Paola, te espero en el *hall* —dijo tía Mati entrando en el hotel.

Nos quedamos a solas.

—Sé que estás pasando por un momento difícil y te comprendo. Cuando me separé lo pasé mal, pero la vida siempre te ofrece nuevas oportunidades. No dejes que esta historia te impida conocer a otras personas. Intenta seguir con tu vida y deja al falso Logan atrás cuanto antes.

—Gracias por tus consejos. Intentaré olvidarme de todo esto lo más rápido posible, aunque creo que me va a costar trabajo volver a confiar en un hombre.

—Todo es cuestión de tiempo, ya verás. Paola, me gustaría seguir en contacto contigo, si no te importa. Espero que no le hayas cogido manía a Abiyán y a los que vivimos aquí.

—Si te soy sincera, odio esta ciudad, pero a ti no. Tú y Enam sois lo mejor que me ha pasado en mucho tiempo. El haberos conocido compensa mi fatídica historia y me encantaría que continuáramos en contacto.

—Estupendo, te llamaré para ver cómo estás y quizá en mis próximas vacaciones nos veamos en España.

Por fin algo bueno llegaba a mi vida. Eric quería seguir sabiendo de mí y, aunque en estos momentos mi corazón por protección se encontraba cerrado, estaba contenta porque había ganado un amigo. Con una sonrisa entré en el hotel. Tía Mati me estaba esperando sentada en un sofá.

—Te noto distinta, ¿qué te ha dicho Eric para que se te haya cambiado el semblante de tu cara?

—Me ha dado buenos consejos y quiere mantener el contacto conmigo. ¿Qué opinas de Eric? En la cena estabas encantada con él.

—Me ha caído muy bien. Además de ser atractivo tiene inteligencia emocional. Opino que es un hombre que merece la pena conocer. No sé cómo no te has fijado en él.

—Estaba demasiado obsesionada y pillada con Logan; ni mis ojos ni mi corazón podían fijarse en otro hombre. Y a ti, ¿te ha gustado? Le sonreías mucho...

—Es encantador, pero no me he sentido atraída por él, debe ser porque mi corazón está completamente ocupado. Paola, debes de ir a descansar un rato.

—Sí, en unas horas abandono esta maldita ciudad.

—Te he reservado un hotel en Barcelona. Cuando termine de solucionar el asunto de la estafa me reuniré contigo allí.

—No sé cómo lo vas a solucionar, es complicado.

—Tengo un plan, ya te contaré los resultados cuando llegue a España. Cuando estés en el aeropuerto debes dejarle un mensaje a Logan explicándole que te has tenido que marchar a España por algún motivo.

—Por ejemplo, un familiar enfermo —sugerí.

—Eso está bien. Dile lo mismo a Raquel, no debe saber por ahora lo que hemos descubierto porque enseguida se lo diría a Fabrice. No te preocupes de ella, mañana la llamaré.

—De acuerdo, espero que todo salga bien.

TERCERA PARTE

EL REGRESO

XXV. DESPEDIDA

18 de septiembre de 2015

Había pasado cinco intensivos días en Abiyán y, por mucho que quiera, no los olvidaré en toda mi vida. Ya quedaba menos para dejar atrás esa odiosa ciudad, en unos minutos llegaría al aeropuerto y desde el avión le diría a Logan: «Adiós, *mon amour*, hasta nunca».

Decidí mandarle un mensaje de despedida camino del aeropuerto. Eran las cinco de la mañana y a estas horas no creí que el falso Logan estuviera trabajando engañando a sus víctimas:

—*Hola, Logan. Siento decirte que en unas horas regreso a España. Me hubiera gustado veros a ti y a tus hijos antes de marchar, pero ha surgido un imprevisto. Un familiar está muy enfermo y tengo que regresar a España. Ahora voy camino del aeropuerto y cuando llegue a España iré directamente al hospital. No sé cuándo podré volver a contactar contigo. Sé que me vas a entender. Tú también pasaste por una situación similar, te tuviste*

que marchar precipitadamente de Francia a Abiyán porque tu
madre estaba enferma. Espero que estéis todos bien.

—Hecho. Ahora le escribiré a Raquel.

—¿Qué, señorita? —me preguntó el taxista.

—Oh, nada. Hablaba sola. ¿Habla usted español?

—Solo un poco.

—¿Cuánto tiempo falta para llegar al aeropuerto?

—Sobre diez minutos, señorita.

A Raquel le escribí un mensaje parecido. Simplemente le expliqué que regresaba porque habían ingresado a un familiar en el hospital y le conté que tía Mati estaba de trabajo en Abiyán y la iba a llamar por si necesitaba ayuda. A continuación, apagué el teléfono móvil. No pensaba volver a encenderlo hasta que estuviera en España.

Después de facturar las maletas me dirigí a una de las cafeterías del aeropuerto a desayunar, tenía bastante apetito. Continuamente miraba el reloj, estaba deseando embarcar rumbo a España. Todavía quedaban unos minutos, los suficientes para comprar algunas revistas que leer durante el viaje.

Entré en el aseo, no había nadie. Lo primero que hice fue lavarme las manos y refrescarme la nuca, tenía calor. A través del espejo del lavabo vi cómo alguien entraba en el aseo. Para mi sorpresa era un hombre. Pensé que quizá me hubiera equivocado y me encontrara en el aseo de hombres. Instintivamente me escondí detrás de la pared junto al lavabo. El hombre abrió la primera puerta de uno de los servicios, se asomó y luego la cerró. Después abrió la segunda puerta e hizo lo mismo. Solo era cuestión de segundos que me viera directamente y decidí salir de mi inocente escondite.

—Buenos días —dije dirigiéndome de nuevo al lavabo sin mirarle a la cara.

—Hola, mi amor —contestó.

Un sudor frío recorrió todo mi cuerpo, esa voz era la de Roi. Tenía que reaccionar. Sin pensarlo, me volví hacia donde estaba él y actué como si creyese que era Logan.

—¡Logan! ¿Pero qué haces aquí? No me lo puedo creer.

—He venido a despedirme. No podía dejar que te marcharas sin decirte adiós. ¿No te alegras de verme?

—Claro que sí. Siento tener que marcharme a España, pero ha surgido un grave problema en mi familia.

En ese momento observé que Roi llevaba algo brillante en la mano. Era como una aguja larga y fina.

—Tranquila, te comprendo —dijo acercándose a mí—. Necesito un fuerte abrazo, quiero impregnarme de tu olor.

Logan me abrazó y, aunque sintiendo una gran aversión, le correspondí. De pronto levantó uno de sus musculosos brazos y observé que en su mano tenía una inyección. Suavemente intenté apartarme, pero él me lo impidió. Sentí miedo y comencé a forcejear con él, pero era imposible. Mientras que con uno de sus brazos me sujetaba con fuerza la cintura, con el otro me clavó la aguja.

—¡No! ¿Qué has hecho? ¿Por qué me has clavado una aguja? ¿Es una inyección? ¿Qué me has inyectado? Necesito que me lo digas. ¡Dímelo! ¡Dímelo! ¡Dímelo! ¡Dímelo!

—Señora, señora, ¡despierte!

Abrí los ojos. Al principio no sabía dónde estaba.

—Señora, tiene que abrocharse el cinturón. En unos minutos aterrizaremos en el aeropuerto de Barcelona.

—Ay, ¡qué alivio! Si estoy en el avión… Lo del baño ha tenido que ser un sueño.

—Ha debido de tener una pesadilla. Gritaba sin parar: «¡Dímelo!».

—Lo siento —dije avergonzada.

—No se preocupe, le pasa a muchas personas que tienen miedo a los aviones —comentó amablemente la azafata.

Precisamente ese no era mi caso. El miedo se lo tenía a Roi y a su grupo, y mi subconsciente me lo recordaba a través de los sueños.

∞∞∞∞∞∞

Estaba anocheciendo cuando llegué al hotel. Después de ducharme y ponerme cómoda encendí mi teléfono móvil. Tenía varios mensajes en WhatsApp y también en Messenger.

Empecé por los mensajes de Logan. Ahora que estaba en Barcelona, lejos de él, no me daba miedo lo que me pudiera pasar. El primero lo mandó a primera hora de la mañana:

—*Hola, mi amor. ¿Cómo te vas a ir a España sin despedirte? Ni siquiera me dio tiempo a pedirte tu número de teléfono. Quiero verte. Por favor, no te vayas. Los niños también te quieren ver.*

El segundo mensaje lo mandó al mediodía:

—*Mi amor, por favor, contéstame, y envíame tu número de teléfono, necesito verte y hablar contigo.*

El último mensaje lo había enviado hacía una hora y decidí contestarle:

—*Mi amor, ¿cómo estás? Escríbeme desde España.*

—*Hola, Logan. Acabo de llegar a España. Dentro de unos minutos voy al hospital y no podré contactar contigo en un tiempo.*

Inmediatamente contestó. Estaba claro que el grupo criminal seguía pendiente de mí:

—*Hola, mi amor, ¿cuándo me vas a volver a escribir? Necesito hablar contigo.*

—*No lo sé. Ahora voy a tener poco tiempo para chatear contigo.*

—Mi amor, ¿le pediste dinero a tu amiga? ¿Está ella en Abiyán? Si me prestara el dinero, podría ir a verte a España y estar contigo en estos duros momentos.

—Sí, sigue allí, pero en cuanto regrese a España le voy a pedir el dinero para ti. Ella sabe que quiero estar contigo y estoy segura de que te lo prestará para que puedas venir a verme. Logan, ahora te tengo que dejar, pero te prometo que pronto tendrás noticias mías. Estoy segura de que todo va a ir bien y por fin vamos a estar juntos para siempre.

Era la mentira que con más ganas había dicho en toda mi vida.

A continuación abrí los mensajes de Raquel. Muy en su estilo me reprochaba que me marchara a España dejándola sola con sus problemas y me echó en cara que ella había pagado mi viaje. Sin prestarle mucha atención le contesté que si fuera buena persona entendería los motivos por los que tuve que regresar.

De tía Mati solo tenía un mensaje en el que me preguntaba cómo había ido el viaje. Le contesté que ya me encontraba en Barcelona y que estaba bien. Tenía curiosidad por saber cómo iba el asunto, pero necesitaba desconectar y descansar.

XXVI.   ENTRE AMIGOS

España, 19 de septiembre de 2015

Me desperté algo desorientada. Durante los primeros segundos pensé que estaba en Abiyán. Cuando reaccioné, me alegré de estar bien lejos de allí. Tenía todo el día por delante para visitar Barcelona; iría de compras y a pasear.

Después de desayunar se me ocurrió mandarle un mensaje a Martín, era sábado y quizá estuviera en Barcelona visitando a su hijo. Rápidamente le escribí informándole de que estaba allí y a los cinco minutos me llamó:

—Hola, Paola. ¿De verdad estás en Barcelona?

—Hola, Martín. Llegué ayer por la noche, he venido a ver a una tía mía y estaré aquí todo el fin de semana.

—Dentro de un rato voy para Barcelona. He quedado en ir a buscar a mi hijo sobre las cinco de la tarde. Si te viene bien, te puedo recoger en el hotel y luego vamos a por Tony, seguro que se alegrará de verte.

Estaba contenta, iba a ver a Martín y a Tony. Un cambio de ambiente me vendría bien y pensé que también necesitaba un cambio de look; ropa nueva y renovar mi aspecto.

Después de cortarme el pelo me compré un par de trajes y un par de zapatos. Estaba dispuesta a dejar atrás el pasado; ahora, la nueva Paola disfrutaría de las diversas oportunidades que le ofreciera la vida.

A las cinco en punto de la tarde me recogió Martín. Cuando lo vi me pareció más atractivo que nunca. Sus ojos verdes se iluminaron al verme.

—¡Paola, qué alegría! —exclamó dándome un fuerte abrazo—. Anda, sube al coche, vamos a buscar a Tony.

Martín paró el vehículo justo delante de un edificio y me pidió que me quedara un momento dentro mientras llamaba al portero automático para que bajara su hijo.

A los cinco minutos el niño apareció y salí del coche para saludarlo. Se notaba que se alegraba mucho de verme y eso me agradó. Nos subimos los tres en el coche, pero Martín no arrancó.

—¿Nos vamos? —pregunté.

—Sí, espera un momento.

Martín seguía quieto mirando a la puerta del edificio sin poner en marcha el vehículo. Mientras esperábamos, no sé a qué, me entretuve charlando con Tony sobre sus estudios. Al cabo de unos quince minutos Martín tocó el claxon y mirando hacia la puerta del edificio saludó con la mano a una mujer que salía a la calle. La señora le devolvió el saludo y continuó caminando.

—Es mamá —aclaró Tony.

Por fin arrancó el coche y comenzó a circular lentamente.

—¿No vas demasiado despacio? —pregunté.

—Es por el tráfico.

Al girar a la derecha observé otra vez a la señora. Martín cada vez conducía más despacio y algún que otro coche le pitaba y con razón.

—¿Dónde vamos? —pregunté con curiosidad.

—A una cafetería a merendar, ¿te apetece?

—Sí, por mí estupendo.

Martín giró a la derecha y allí estaba otra vez la madre de Tony. Comencé a pensar que tal vez no fuera casualidad y me quedé observando la dirección que ella tomaba. En ese momento comprendí por qué Martín iba tan despacio. Estaba siguiendo a su exmujer. Con disimulo miré a Tony fijamente y le guiñé un ojo. El chico me sonrió. Se había dado cuenta que había sido testigo de cómo su padre perseguía a su madre. Pasados veinte minutos la mujer entró en un supermercado y Martín aceleró.

Asombrada y, en cierta forma decepcionada, por fin había descubierto quién era el mentiroso compulsivo de los dos.

Merendamos en una céntrica cafetería. Tony estaba muy contento y no paraba de hablar conmigo. Ahora había una persona más que sabía el problema que tenía su padre y se sentía más acompañado, arropado.

Sobre las nueve de la noche llevamos a Tony a su casa. Martín me invitó a cenar y quedamos en reunirnos a las diez en un restaurante que había al lado de mi hotel.

Tenía el tiempo justo para darme una ducha, arreglarme y contestar varios mensajes que había recibido de amigas, nada importante.

Cuando llegué al restaurante Martín estaba en la puerta esperándome.

—Hola, Paola. Estás muy guapa con ese vestido negro. He reservado mesa, entremos.

Durante la cena me habló de su trabajo y sobre todo de su hijo. No le conté que había estado en Abiyán ni le hablé de Logan, prefería guardar el secreto hasta que volviera a confiar en algún hombre y, por ahora, no me fiaba de Martín.

Después de cenar nos fuimos a tomar una copa. Estaba muy cariñoso conmigo y enseguida intuí cuáles eran sus intenciones.

—Paola, desde que te conocí me sentí atraído por ti, pero te notaba algo distante, no sabía si tú sentías también algo por mí.

Pero ahora que has venido a Barcelona a verme, sé que la atracción es mutua.

—Martín, he venido a Barcelona a ver a mi tía y de paso te he llamado por si estabas aquí.

—Ya. Y, ¿dónde está tu tía?

—Llega mañana —dije sin querer darle más explicaciones.

—Paola, me gustas mucho —musitó acercándose y cogiéndome la mano.

—Me siento muy bien a tu lado, pero te aseguro que en estos momentos no estoy preparada para tener un romance. Me ha ocurrido algo de lo que no quiero hablar, puede que dentro de un tiempo te lo cuente.

—¿Tienes pareja? Cuando te conocí me dijiste que estabas sola.

—Digamos que ha habido alguien en mi vida de quien me tengo que olvidar y hasta que no lo borre de mi corazón no puedo abrirlo de nuevo al amor.

—Si es cuestión de tiempo, te esperaré.

—¿Tardaste mucho en borrar de tu corazón a tu exmujer?

—No mucho —respondió sin más.

—Y después de tantos años juntos, ¿no sientes ya nada por ella? —pregunté intentando sacarle la verdad.

—Ahora solo somos buenos amigos.

Comprendí que no quería hablar del tema. No me estaba mintiendo, pero tampoco decía toda la verdad. Sentía lástima por él; era buena persona, no tenía maldad, pero seguía sintiendo algo por su exmujer y no lo quería reconocer. El hecho de que la persiguiera demostraba que aún no había asimilado la separación. Hay personas que tardan más tiempo que otras en rehacer sus vidas y Martín todavía no estaba preparado para tener una relación; se mentiría a sí mismo y a su pareja. Después de mi fatídico idilio con el falso Logan, la obsesión de Martín por su ex, no me parecía tan chocante. Era un hombre real con una experiencia que no había logrado aún superar y estoy segura de que en cuanto la afronte, Martín podrá volver a tener una relación estable, pero ahora no.

—¿Has vuelto a salir con alguien desde tu separación? —le pregunté con curiosidad.

—Relación seria, no, pero sí he tenido alguna aventura que otra.

—Y conmigo, ¿qué es lo que quieres? ¿Relación o aventura?

—Las dos cosas —respondió sonriendo.

—Martin, me pillas en una época complicada.

—Ya te he dicho que si es cuestión de tiempo, te esperaré. Podemos seguir en contacto, vernos de vez en cuando como amigos y, cuando estés dispuesta a volver a abrir tu corazón, comenzaremos una relación.

—Quiero continuar el contacto como amigos, pero sin que la finalidad sea un compromiso. No sabemos lo que nos depara la vida.

—Está bien, por ahora seguiremos siendo solo amigos, aunque espero que nos veamos con más frecuencia.

Martín me acompañó hasta la puerta del hotel.

—La próxima vez iré a verte yo a ti —dijo dándome un suave beso de despedida en los labios.

XXVII. CASO RESUELTO

20 de septiembre de 2015

Me desperté sobresaltada. Había tenido otra pesadilla en la que aparecía Roi; esta vez me perseguía por las calles de Barcelona. Me levanté algo acongojada, pero nada más tomar una ducha se me pasó. No tenía nada planificado para hacer por la mañana, me tomaría el día con tranquilidad. Observé que en mi móvil tenía varios mensajes de WhatsApp, uno de ellos de tía Mati: «Llego a Barcelona al mediodía. Espérame en el hotel para almorzar juntas»

Pensar que en unas horas la iba a ver era como regresar mentalmente a África; me hablaría de Roi, de estafas, engaños, todo de lo que me quería olvidar, pero lo tendría que afrontar.

Después de dar un largo paseo regresé al hotel. Eran ya las dos de la tarde y llamé a tía Mati:

—Hola, Paola. Ahora mismo te iba a llamar. He llegado hace unos minutos al hotel, ¿estás por aquí?

—Sí, estoy en el *hall*.

—Bien, espérame en el restaurante. Enseguida voy.

Me senté en una de las mesas situadas delante de unos amplios ventanales con vistas a la calle. A través de los cristales observaba a la gente pasar y me preguntaba si alguna de esas personas habría sido también víctima de un engaño.

—¡Hola, Paola! ¿Cómo estás? —me preguntó tía Mati nada más llegar, dándome un fuerte abrazo—. Te noto diferente.

—Sí, me he cortado el pelo. Necesitaba cambiar de imagen.

—Pues te sienta muy bien, estás muy favorecida. Tengo muchas cosas que contarte, pero antes vamos a ver la carta, estoy hambrienta.

—Estoy deseando saber todo lo que ha ocurrido, sin embargo, no puedo evitar que me dé un poco de angustia sacar el tema. Al estar lejos de Abiyán es como si hubiera sido un mal sueño.

—Te comprendo, pero para poder olvidar de verdad, primero hay que afrontar y asimilar las cosas. Voy a pedir ensalada y pescado a la plancha —comentó observando la carta—. ¿Y tú?

—Me apetece pasta, tomaré espaguetis a la boloñesa.

—En estos dos días han pasado muchas cosas, unas buenas y otras malas. Hemos estado investigando el caso de Logan cuatro personas. Mi empresa mandó a dos compañeros para que me ayudaran en Abiyán, y Eric también ha colaborado.

—¿Y Raquel? ¿Sigue allí?

—Ya está en España. Comenzaré hablándote de ella. Tal como quedamos, la llamé el mismo día que tú volabas hacía España. Quedé con ella por la tarde para tomar un café. Al principio estaba muy enfadada contigo por haberte marchado sin esperarla, pero logré tranquilizarla y al final lo comprendió.

—¿Qué pasó con la tarjeta que le robaron?

—Le quitaron quinientos euros y creemos que fue Fabrice. Lo hemos estado investigando y por lo visto en casi todas las excursiones que realiza con su agencia de viajes hay algún robo, aunque de poca monta. Nunca lo han denunciado. Es tan educado y amable que nadie puede pensar que sea él. Creemos que trabaja con alguien. Fabrice es el que informa de las excursiones que va a realizar y su colaborador es el que se encarga de perpetrar el delito. Suelen quitar entre cincuenta y trescientos euros, no más.

—¿Se lo habéis comunicado a Raquel?

—No, no podíamos decírselo, pues se lo contaría a Fabrice y estropearía nuestro plan. Raquel me había explicado que siempre esconde su segunda tarjeta de crédito en un pequeño sobre y lo guarda en su neceser. Por la noche uno de mis hombres entró en la habitación mientras estaban durmiendo. Sin hacer ruido, accedió al baño y localizó la tarjeta de crédito de Raquel. A continuación buscó la billetera de Fabrice e introdujo la tarjeta.

»Raquel me había informado de que todas las mañanas antes de salir revisaba que la tarjeta estuviera en su sitio, así que más o menos sabíamos en qué momento se iba a dar cuenta y lo teníamos todo planeado. Sobre las diez de la mañana me llamó llorando por su desaparición. Me dijo que Fabrice la iba a acompañar al banco y la convencí para que no fuera con él sino conmigo. La idea era dejar solo a Fabrice, estaría extrañado porque él no se la había quitado y con suerte nos llevaría hasta sus colaboradores. Cuando salió del hotel uno de mis hombres lo persiguió; primero se dirigió a la agencia de viajes donde trabaja y después se reunió con Roi en la casa en la que Enam los vio una vez. Mi compañero llamó a los agentes de seguridad con los que ya habíamos contactado con anteriordad para hablarles de este caso. Cuando llegaron esperaron fuera de la casa hasta que Fabrice y Roi salieron. Uno de los agentes se les acercó y le comunicó que lo estaban buscando por el robo de la tarjeta de crédito de Raquel. Fabrice les dijo que él no había sido, que era su novia y la estaba ayudando. El agente le pidió su documentación y que le mostrara la billetera. Cuando Fabrice vio que dentro estaba la tarjeta, se puso a gritar como un loco, negando una y otra vez que hubiera sido él. Ante sus gritos, el otro agente entró en escena y les pidió que abrieran la puerta de la casa. Roi sin rechistar la abrió. El agente al comprobar que estaba llena de cajas con objetos varios, le pidió la documentación de la mercancía, a lo que Roi le contestó que estaba todo en regla, pero que no la tenía allí. Los agentes se los llevaron a la Comisaría de Policía para interrogarlos.

—Me alegro, sobre todo por el engreído de Roi, me hubiera encantado ver su cara en ese momento. Se lo merece por estafador, manipulador y ladrón. ¿Qué pasó después? Estoy de lo más intrigada.

—Sabíamos que Fabrice no era el culpable y que no lo iban a tener mucho tiempo retenido, pero por lo menos le dimos un buen susto y espero que le sirva de escarmiento.

Nuestro plan estaba funcionando a la perfección, pero surgió un imprevisto. Después de acompañar al banco a Raquel me fui al despacho de Eric para continuar trabajando en este caso. Tu amiga se fue al hotel y quedamos para almorzar juntas sobre las dos de la tarde.

Me retrasé veinte minutos y al no verla en el restaurante la llamé por teléfono. Observé que tenía varias llamadas perdidas de ella; no las había escuchado, pues cuando trabajo pongo el móvil en tono silencio. Cuando hablé con ella estaba llorando. Me dijo que le había pasado algo muy malo y que se quería ir de esa ciudad porque tenía mucho miedo. Estaba en su habitación y no se atrevía a salir, así que subí a verla. Cuando la vi estaba temblando.

Sentí lástima por ella. Le pregunté qué era lo que le había sucedido y entre lágrimas me lo explicó.

—¿Qué le había ocurrido?

—Por la mañana, después de ir al banco, se fue al hotel. Justo antes de entrar dos policías la pararon. Le preguntaron si se llamaba Raquel y le pidieron su pasaporte. Ella les consultó si lo necesitaban por el tema del robo de su tarjeta, a lo que le contestaron que sí y, sacándolo de su bolso, lo entregó. Uno de los agentes le pidió su número de teléfono para llamarla y devolvérselo en menos de una hora.

»Nada más subir a su habitación recibió una llamada de teléfono de un número desconocido. Pensando que podría ser la policía, contestó. Al otro lado de la línea, un hombre le pedía la cantidad de cinco mil euros si quería recuperar su pasaporte. Extrañada, le dijo que lo tenía la policía, que se había equivocado de persona. Pero cuando le mencionó todos sus datos, se dio cuenta de que la habían engañado. Le dieron el plazo de una hora para que obtuviera el dinero.

»Raquel asustada y sin saber qué hacer, me llamó varias veces y también a Fabrice, con la mala suerte que ninguno le pudimos coger la llamada. El hombre la volvió a llamar y le advirtió que no se pusiera en contacto con nadie o su vida peligraría. A los cinco minutos llamaron a la puerta de su habitación; cuando abrió, no había nadie. Al cabo de otros cinco minutos volvieron a golpear la puerta, abrió y tampoco había nadie. Recibió otra llamada y le dieron una serie de instrucciones. Tenía que salir del hotel y caminando iría hasta un banco para sacar el dinero. Después alguien se pondría en contacto con ella y le entregaría el pasaporte a cambio del dinero. Debía de ir sola; la tenían vigilada y le volvió a amenazar con su vida. Raquel estaba muy asustada y decidió hacerlo. Según me contó, la pobre salió del hotel temblando; caminando se dirigió hasta el banco y retiró los cinco mil euros. El hombre la llamó por teléfono y le indicó que tenía que tomar la siguiente calle a la izquierda. Alguien se le acercaría y le entregaría su pasaporte. Siguiendo las instrucciones, un chico de no más de catorce años, se le acercó. En una mano tenía su pasaporte y con la otra, le pedía el dinero. Cada uno recibió lo suyo y se marcharon.

»Cuando terminó de narrarme lo acontecido le pregunté si había llamado a la policía, pero la pobre estaba tan asustada que pensaba que si se lo decía a alguien vendrían a por ella. Me daba mucha pena verla así. Le pagué el importe integro del coste de tu viaje y le aconsejé que regresara conmigo a España. Ahora debe de estar llegando a Madrid.

—Gracias, es todo un detalle. Pensaba pagárselo yo para no deberle nada. Ahora me da lástima de Raquel, todo lo que le ha pasado es por mi culpa, por querer conocer al falso Logan.

—No te culpes. Ellos sabían que Raquel tenía dinero por medio de Fabrice, no por ti. Para tu suerte, la falsa imagen que tienen de ti —ingenua y pobre— te beneficia en el aspecto económico. Ahora saben que no pueden sacarte dinero, aunque sí robarte la identidad.

—Entonces, ¿fue Fabrice el que organizó el engaño del pasaporte?

—No, no fue él. Le expliqué lo sucedido a uno de los agentes que estaban al tanto de tu caso y me informó que por desgracia no es la primera vez que ocurre algo así. Tienen casos abiertos de hombres y mujeres que han ido a conocer a sus supuestas parejas y nada más llegar al país les ha parado la falsa policía reteniéndoles el pasaporte. Luego les chantajean y les piden dinero para recuperarlo. El agente opina que en este caso han tenido que actuar los hombres de Roi o algún colaborador de Fabrice sin que él lo sepa.

—Vaya viajecito... ¿Qué pasó con Fabrice y con Roi?

—Fabrice llamó a su abogado y este solicitó que la policía científica tomara las huellas dactilares de la tarjeta de crédito robada. En cuanto la analizaron y comprobaron que no aparecían sus huellas lo dejaron marchar. Roi lo tuvo más fácil. Un señor llevó a la Comisaría de Policía toda la documentación de la mercancía que había en la casa y enseguida lo soltaron.

—Encima es un hombre con suerte, qué fastidio.

—Sí, pero te aseguro que durante un tiempo se le van a quitar las ganas de volver a estafar. Por la tarde Enam llevó a los dos agentes y a mis hombres a la oficina clandestina. Estaba vacía, no había ni un mueble, ni un ordenador. Habían salido huyendo de allí. Preguntamos a todos los vecinos si conocían al propietario de la oficina, pero ninguno sabía nada, o por lo menos, eso decían.

—Tipo listo, creo que va a ser muy difícil que pague por todos los delitos cometidos.

—Pienso igual, pero te aseguro que durante un tiempo no van a volver a estafar.

—Hasta que busquen otro lugar para continuar engañando a sus víctimas.

—Por desgracia así será. Lo más seguro es que cambien de ciudad, aunque también pueden seguir actuando desde algún cibercafé. La policía lo va a investigar y van a estar detrás de este caso, pero ellos mismos reconocen lo difícil que es detener a estos estafadores. Lo bueno es que por lo menos durante algún tiempo no vas a tener noticias del falso Logan, lo más probable es que desaparezca su cuenta de Facebook. Paola, te aconsejo que con alguna excusa rompas la relación. Cuanto menos sepas de él más fácil te será olvidarlo todo.

—Sí, estoy deseando sacarlo de mi mente y de mi Facebook.

—Todo es cuestión de tiempo, pero tienes que poner de tu parte. Cuando te hablé de mi vida lo hice con la intención de que entendieras los dos consejos que te voy a dar. El primero es que de toda experiencia se aprende algo que te enriquecerá y el segundo, que a cada acontecimiento negativo que te traiga la vida hay que buscarle siempre un final feliz.

—Te agradezco tus consejos, aunque en este momento mi cabeza no puede sacar nada positivo de esta desagradable experiencia. Tenemos tanta información sobre estos despreciables románticos virtuales que me gustaría hacer algo para que otras mujeres no caigan en sus redes. Por cierto, ¿has estado en contacto con Eric estos dos días?

—Sí, es un hombre encantador y con un gran corazón. Él se ha encargado de realizar todas las gestiones para ayudar a Enam, incluso me ayudó a mí.

—¿A ti? ¿Por qué?

—Ayer llamaron de mi empresa para informarme sobre el caso del LP robado en mi casa de Monte Gordo. Han descubierto que el informante puede ser, Alan, mi pareja actual. Es posible que durante todo este tiempo solo estuviera conmigo para robar datos. Cuando recibí la noticia las lágrimas me salieron desde el corazón; esta vez pensaba que estaba realmente enamorada. En ese momento Eric estaba a mi lado y me consoló.

—La que le ha caído a Eric con las dos; primero me confortó a mí por Logan, y ahora a ti con Alan. Las dos engañadas o traicionadas, ¿qué pensará de nosotras?

—Por ahora, prefiero no saberlo... Cuando lo volvamos a ver lo averiguaremos.

—Siento que te hayan podido traicionar, aunque todavía no es seguro que haya sido él. Sé que estás enamorada. ¿Has hablado con Alan?

—Hace unos días que no contesta a mis llamadas, por lo visto ha desaparecido. Mañana regreso a Londres y me informarán de todo lo que hayan averiguado.

—Desde que me contaste tu vida he pensado que al final terminarás con Peter o con John. Quizá sea el momento en que dejes tu pequeño problema a un lado y te centres en una buena persona.

—De Peter no sé nada hace ya muchísimo tiempo, y de John lo último que sé es que se separó.

—Llámalos, seguro que a los dos les gustará saber de ti.

—Lo haré, pero primero tengo que saber si Alan me ha traicionado. Si ha sido él, voy a pasarlo muy mal; traición en el trabajo y en el amor al mismo tiempo...

—Seguro que tú te recuperas antes que yo.

—Paola, te voy a proponer una cosa. Además de mi labor en la empresa, desde hace un tiempo me encargan asuntos particulares, no son complicados: encontrar documentos, personas, objetos de arte… Podrías colaborar en estos casos. Serían trabajos esporádicos lo que te permitiría continuar con tu nueva empresa y ganarías un dinero extra.

—En principio parece muy interesante, pero ahora no me siento capacitada para lo que me ofreces. Estoy falta de energía, desanimada.

—No debes dejar que la situación que has vivido pueda contigo, como ves, a cualquiera nos pueden engañar.

—¿Conseguisteis hacer algo por Enam y su madre?

—Sí. Eric habló con una fundación con la que colabora y lo van a admitir en unos talleres que realizan para ayudar a los jóvenes a formarse en algunas profesiones. Por otro lado, también ha conseguido un trabajo para su madre en una librería. Es una mujer muy culta, sabe idiomas y está muy bien preparada. Como no sabemos quienes forman parte del grupo de Roi, comenzará a trabajar dentro de unos meses, así no será tan llamativo el cambio de vida que van a experimentar los dos. Además, voy a intentar localizar al padre de Enam en España. Creo que debe saber que tiene un hijo.

—Me alegro, las personas buenas se merecen que les pasen cosas buenas.

—Toma, Paola, esto es para ti –dijo entregándome una carta.

Con curiosidad, rápidamente la abrí y comencé a leer:

«Querida amiga Paola. Sé que estás muy triste porque te han engañado. Esos hombres son muy malos y has hecho bien en alejarte de ellos. Recuerdo el día que te conocí en el mercado de Treichville, llevabas un gran sombrero y usabas un abanico para el calor. Ese día ha sido el mejor de mi vida. Si no te llego a conocer, aunque soy un chico honrado, podría haber terminado siendo un delincuente; el hambre y la pobreza a veces hace que hasta las más buenas personas tengan que hacer cosas un poquito malas para sobrevivir. Sé que sufres por lo que te ha pasado, pero si no te llegan a engañar, nunca hubieras venido a Abiyán y no te hubiera conocido. Gracias a ti ahora voy a poder estudiar y podré ganarme la vida trabajando honradamente. Cuando sea mayor quiero ser alguien importante y lograré que los hombres que te han hecho daño paguen por ello. Cuando lo consiga, iré a verte.

Mi madre dice que te han mandado del cielo para ayudarnos y todos los días pedimos por ti para que te olvides de todo lo malo y puedas ser feliz.

Siempre estarás en mis pensamientos, amiga Paola.

Enam».

Las lágrimas comenzaron a brotar en mis ojos, pero esta vez de emoción.

—Estás llorando, ¿qué te cuenta el bueno de Enam?

—Toma, léela —dije entregándole la carta—. Ya tengo mi final feliz.

Las palabras de Enam me llegaron directamente al corazón, ahora veía con claridad la otra cara de la moneda. Saber que a consecuencia de mi desacertada relación con el falso Logan había logrado hacer feliz a dos personas me confortaba. Había estado tan obcecada en esta absurda y problemática relación que era incapaz de ver todo lo positivo que mientras tanto ocurría a mi alrededor.

«Comienzo a sentir la luz de la estrella dorada. La encontré en el lugar donde no la buscaba».

Mañana tía Mati regresa a Londres y yo a casa con una nueva experiencia y, como la afronte, depende solo de mí. No pienso sufrir ni un solo minuto más por un hombre que no existe ni se lo merece; me levantaré todos los días con una sonrisa, estaré expectante a las nuevas oportunidades que me brinde la vida y esperaré pacientemente que el corazón y la razón al unísono me guíen hacia un nuevo amor.

Es hora de comenzar a vivir mi propia *vie en rose*.

NOTA DE LA AUTORA

Los mensajes escritos por el personaje, Logan, plasmados en la primera parte del libro, son reales. Dentro de las diversas tácticas que utilizan estos grupos para estafar, esta es una de ellas. Siguen unas pautas determinadas para atrapar a sus posibles víctimas. Solo cambian algunos datos, como el país de donde proceden, su nombre, imagen, estado civil o su profesión. Algunas personas se sentirán identificadas, pues son miles las víctimas de estos delitos.

Tras investigar y recabar documentación sobre las estafas románticas escribí la segunda parte del libro, *África*. A través de una historia ficticia descubro lo que realmente hay detrás de estos estafadores, basándome en la información recopilada y contrastada por medios oficiales.

Hay quien opina que los escritores no eligen las historias que narran sino que ellas nos buscan a nosotros...

A petición de los lectores que querían más historias sobre Paola y los protagonistas de 'Mensajes desde África', escribí la novela 'Oculta tras su mirada' donde las aventuras y desventuras de Paola, Raquel, Mati, Eric, Logan y Enam continúan en África junto a nuevos y apasionantes personajes. También, de forma ficticia, a través de aventuras, romance e intriga descubro más datos sobre los llamados «estafadores románticos».

Han pasado algunos años desde que publiqué la primera edición de este libro, y a través de mi blog y correo personal han contactado conmigo cientos de personas que han sido víctimas de estas estafas y me han agradecido el que escribiera esta novela. Al día de hoy los estafadores románticos siguen actuando sin parar en diferentes redes sociales y páginas de contacto. Espero que este libro ayude cada vez a más personas a descubrirlos y te pido que lo difundas, tal vez puedas ayudar a alguien cercano.

Con el amor no se juega... A cada acontecimiento negativo que te traiga la vida hay que buscarle siempre un final feliz.

AGRADECIMIENTOS

Mis más sinceros agradecimientos a aquellas personas que de alguna forma me han ayudado durante el proceso de creación de esta novela y, en especial, a Paloma Germán y Bella Ambrojo por su encomiable labor como lectoras cero. A Lucía de la Corte por realizar la preciosa fotografía para la imagen de la portada. A Inés y Joséphine por acompañarme hasta Portugal para recabar datos. Agradecer las muestras de apoyo a Yolanda, María Cruz, Aurora, Inmaculada, Amparo y Justa.
Mi especial agradecimiento al inspector del Cuerpo Nacional de Policía José María Delgado, por su apoyo en las presentaciones realizadas de esta novela en diferentes ciudades.
Y por último, a ti lector. Muchas gracias.

Novelas publicadas bajo el seudónimo de Lara Leims:

MENSAJES DESDE ÁFRICA
OCULTA TRAS SU MIRADA
DOCTORA, ¿PERO QUÉ LES OCURRE A LOS HOMBRES? Primer libro de la serie 'Enredos del amor'.

Otras obras de la autora:

ROSAS AL ANOCHECER
COLECCIÓN VIOLETALIA
NUVUNUK. EL MISTERIO DEL LAGO DE LOS DIEZ COLORES

Dónde puedes encontrarme

Puedes contactar conmigo a través del correo laraleims@gmail.com. Tanto por temas relacionados con este libro como para que os mande información sobre mis siguientes novelas. También me podéis encontrar en:

Blog: http://laraleims.blogspot.com.es/
Twitter: https://twitter.com/Lara_leims

Facebook: https://www.facebook.com/CristinaFontBrionesLibros/

ÍNDICE

www.ingramcontent.com/pod-product-compliance
Lightning Source LLC
Chambersburg PA
CBHW020554260626
47157CB00003B/704